儿时，
幸福是一件简单的事；
长大后，
可以简单，才是一件幸福的事。

如果记忆是一颗种子，
秋风吹过，
蓝色的叶子就铺满了岸边。

大概身边每一个人的出现，
都带着那么一个可爱的原因。

时光是一种声音，
　像悠然的思绪，
　　在梦里穿行。

THE FAIRY TALE WAKE UP

It is Waiting there.a log cabin
covered with balloons.

你只需要扬起一个潇洒的手势，在一条宽阔的路上跟他道别，如此便好。

人生有一种确切的幸福——
就算所有人都离开了你，
你还是可以安妥地拥有自己。

THE
NEAREST
FARA

the fairy tale of sliver

时光的影子
季节的影子
蓝房子在风里唱歌

遥望远方，
光在曼舞，
你是蓝天下安静的浅笑。

从一片麦田出发，
去追逐梦见海的人。

时间安静了下来，
纸飞机，
告别了天空。

崩井 著 /

从此，我们不再是我们

青岛出版社
QINGDAO PUBLISHING HOUSE

图书在版编目（ＣＩＰ）数据

　　从此，我们不再是我们 / 崩井著. -- 青岛 ：青岛出版社，
2018.3

　　ISBN 978-7-5552-5573-4

　　Ⅰ．①从… Ⅱ．①崩… Ⅲ．①散文集－中国－当代
Ⅳ．①I267

中国版本图书馆CIP数据核字（2017）第124360号

中文简体版通过成都天鸢文化传播有限公司代理，经香港红投资有限
公司授予西藏悦读纪文化传媒有限公司独家发行，非经书面同意，不
得以任何形式，任意重制转载。本著作限于中国大陆地区发行。

山东省版权局著作权合同登记号图字： 15-2017-118

书　　　名　从此，我们不再是我们
著　　　者　崩 井
出版发行　青岛出版社
社　　　址　青岛市海尔路182号（266061）
本社网址　http://www.qdpub.com
邮购电话　010-85787680-8015　13335059110
　　　　　　0532-85814750（传真）　0532-68068026
责任编辑　郭林祥
责任校对　赵　娟
特约编辑　孙红彦
装帧设计　轩辕喵
照　　　排　孙顾芳
印　　　刷　三河市良远印务有限公司
出版日期　2018年3月第1版　　2018年3月第1次印刷
开　　　本　32开（880mm×1230mm）
印　　　张　8
字　　　数　110千
书　　　号　ISBN 978-7-5552-5573-4
定　　　价　38.00元
编校印装质量、盗版监督服务电话　4006532017　0532-68068638

建议陈列类别：畅销·文学

目录 CONTENTS

序言　致那些离开了我的人

第一章　当时，茫然若失

说再见，不再见 / 7

噢，你也在这里吗？ / 10

偶尔，想起你 / 14

我也希望，我喜欢的是你 / 17

我拍下的不是食物，而是回忆 / 21

世界上，最遥远的距离 / 24

感到孤独，只因你不是他的唯一 / 27

爱一个人，不像吃一碗泡面 / 30

平衡的艺术 / 33

你爱暧昧，还是爱他？ / 37

完美情人 / 39

有些幸福，带着痛 / 41

爱情的病变 / 44

后来一切已惘然 / 48

害怕太幸福 / 51

爱，需要节制 / 54

不必倒数，有你就好 / 57

第二章　始终，念念不忘

只是旧朋友 / 63

最美妙的机遇 / 66

封存于回忆的情谊 / 69

搜集那些锦绣的纠缠 / 72

回盼 / 75

安静慢走 / 78

至少还有你们 / 80

可以简单，是一件幸福的事 / 83

当你密友，我才放肆 / 86

不用等时机 / 89

爱护那个特别好欺负的人 / 92

我懂你的雨天 / 95

没有姓名的见证人 / 97

没有一份爱是理所当然的 / 99

妈，您又骗我了 / 101

目录　CONTENTS

目录 CONTENTS

第三章　暂且，告一段落

我已经习惯了有你的日子 / 107

带着微笑，转身 / 110

我们只是两颗偶然遇上的星星 / 114

失恋后遗症 / 117

对望，许是我们最大的缘分 / 119

其实他没变 / 122

当爱成了习惯 / 125

已读不回，也是一种回复 / 128

他只是不爱你 / 131

告一段落 / 134

朋友，我"Unfriend"你了 / 136

输不起的备胎心态 / 139

唯有给予 / 141

爱上让你倾心的，不如爱上让你称心的 / 143

没有忘记，也是一种幸福 / 146

我们之间最佳的放下 / 149

目录 CONTENTS

第四章　重新，发现自己

还未遇上最美的自己 / 155

寂寞高手 / 158

忙到心亡便是忘 / 162

沉睡了的心 / 165

没有 Facebook，你还记得我生日吗？ / 168

重复难过 / 170

你在回忆中自杀了吗？ / 172

放下倔强，学习爱 / 174

想太多 / 176

我怕麻烦了你 / 179

同行 / 182

我需要的不是赞好 / 184

关于快乐：一个显明的秘密 / 186

知足而不裹足 / 190

我只是嘴巴不好 / 193

有些话只想找陌生人说 / 195

天使歌咏中的寂寞 / 199

那些能让你留下记忆点的人 / 202

你总能阅读我的心 / 205

你值得拥有更好的 / 208

末了的故事：窃喜 / 213

写在最后：人生总要有所执着 / 222

致那些离开了我的人

我发慌时至少有你支撑，

我发闷时至少有你陪伴，

我发傻时至少有你取笑，

我发怒时至少有你安抚，

我发病时至少有你照顾，

我发愁时至少有你开解。

我却发现，这么美好的当初，

只能透过发梦去重新发掘。

如果一切可以重来，我发誓，

我会发自内心，爱你。

这是一篇陈年旧作，主要想玩一个"发"字。今日看来，甚觉肉麻幼稚，但我不会把它删掉。回想当年稚拙的情感，再对比今日理性而麻木的内心，我突然觉得自己转变了很多。人们称这样的转变为"成长"。说实在的，我却不稀罕这样的成长。岁月催我们成长，但成长却叫人变得懦弱而孤寂。这样的成长太让人难堪了。我怀念当时的自己，爱得深刻，恨却轻浅。蓦然回首，总让我想起晏殊的《蝶恋花·南雁依稀回侧阵》：急景流年都一瞬。往事前欢，未免萦方寸。

人生每十年应该做一个小结。

辗转十年间，真的经历了许多痛心的事。父亲离世、初恋离开、密友隐性心脏病突发逝世，一段段深情跌宕……曾经以为，他们不可能离开我，至少不会那么快，但我一再发现，跟我感情再深厚的人，也会离开，而他们的离开，通常比一般人离开得更突然、更令人惊愕，像在一座安详肃穆的教堂祈祷时，突然掷来的一个手榴弹。

虽然我所经历的，相对中东的战乱、北非的疫情、津巴布韦的穷困，实在是小巫见大巫，不值一提。但当伤感袭来，十年浓缩成一瞬的心酸，足使脆弱的我无法承受。我无法掩饰心底的忧伤。我老是觉得，我会在某一次离情别绪复发时，因为心痛而猝死。那些离开我的人，都带走了我的一部分，让我觉得自己不再完整。同时，却又留下了他们的一部分，让我觉得人生很重。尤其是在那些宁静的夜晚，压得人辗转难眠。

可思念再浓也于事无补。我始终没有力量去重修那些坍塌的桥梁。庆幸的是，我还是活得好好的。后来我懂了，原来，没有谁不能没了谁。我们所不同的，只是谁最先领悟了这个道理，谁又最先释怀。

老实说，对于往日情怀，我始终无法完全释怀。他们留给我的重，始终沉甸甸地轧压着我的心，留下一道道无法修补的轧纹。我总想写点什么，去记录这些往事，追念这些曾经与我如此亲密的人，也好凭文寄意，借笔墨抒怀。

现在梦想实现了，但那些人呢？他们到底往何处去了？没有他们见证我的梦想，我总觉梦想越近，他们越远。这样的感觉毫无逻辑可言，但我的感受却如此深切，像一根针刺进心里。

我真的很想念他们。

然而，为着至少曾经拥有过他们，我感恩。再痛也好，我会将他们收藏在心底，然后活得更美，就像榕树葬送落下的枯枝败叶，然后长得更加茂盛。虽然，从此，我们不再是我们，但因着他们，我成了承载着更多回忆和情感的自己。

仅以此书，献给每一个出现在我最美的年华里的人。作为感谢，作为纪念。

CHAPTER 01

第一章

当时，茫然若失

往事总像一场骤雨，
忽而敲打我的心湖，
触起无数随生随灭的小水涡。

说再见，不再见

我们都在寻开心，

但通常寻得的，

只有一份使人怅然若失的空虚。

电影《少年派的奇幻漂流》（Life of Pi）里有一句对白："人生也许就是不断地放下，然而令人痛心的是，我都没能好好地与他们道别。"

说再见，似乎是一件最平凡不过的事。但许多时候，当所关心的人离开了，我们才惊觉，我们都无法好好说出那两个字——再见。如果你是中国香港特别行政区的读者，你一定知道我已经准备出版第二本书，在那儿，我就是以此为主题。

今年暑假期间，朋友J去了日本旅行，住的是青年旅舍。一般而言，青年旅舍以床位为出租单位，寝室设有数张双层床，多人一室，运气好一点的话，能够结识到不同文化背景的人，有助我们开拓视野。特别是像J一样善于交际，且外表温文良善的人，这种人能够给人一份无从说起的安全感，让人可以完全信任，安心交往，所以他们能够交上的朋友也特别多，即使独自旅行，也不乏"旅伴"。

旅行中，J理所当然地认识了很多外国人，而让她印象最深刻的，是一个中年女人。那个女人"住"在J"上层"，是一个跟老公吵架后出走的女人。她每次回房，总带着一身浓浓的烟味。

这个女人看似无所事事，但心里却又似乎忙个不停。她整天呆坐床上，有时会喃喃自语。看得出，她很难过。

住了数天，每逢夜晚，J都期待女人回来后能够欢愉地说自己与老公和好了，要退房了，但都未能如愿。直到前日，女人终于退房了。J问她是否与老公复合了，女人说不，是要回去谈判。

当一对夫妇要进行"谈判"，其实就跟互相"审判"没什么分别，各自拿着对方的罪证，互相诉讼。原告人是法官，亦是被告；被告也又是法官，亦是原告人。这样的官司，结局注定是不欢而散。

最后，女人用淡淡的腔调跟J说了"再见"，还说了两遍。

莫名其妙地，J心里顷刻生了一种激动，想拥着女人，请她好好保重。但J最后只说出了一句"加油"，她又错失了一次好好说再见的机会。

J一直在想，她能否与老公和好？她此后的生活愉快吗？J还想过，女人会记住自己这个萍水相逢的陌生人吗？只是，关于那个女人的事情，J永远只能臆测，而无从确认。因为她们之间，已经没有后来了。

临别前一晚，J环视其他床铺，只见空空如也。唯有女人的床上，还剩余一阵阵好像永远都无法去除的烟草味。原来，只剩下她一个人"住"在那儿了。

她去日本，本是寻开心，没想到，竟然寻得一份使她惘然若失的空虚。

噢，你也在这里吗？

对于一些分离的人而言，某次相别，便是诀别。

即使相遇，他们也只剩一句"噢，你也在这里吗？"永远无法回到从前。

前阵子，天气稍凉，我以为秋天要来了。但今日出门，只行数步，已是汗流浃背。秋原来还远着呢！正是这种误会，让郑愁予的《错误》尤显凄美——哒哒的马蹄声愈渐清晰，但闺妇等到的，只是旅经门前的远客，而非她朝思暮想的情郎。她的心终究只如一座孤城，也只能如窗扉紧掩——无法开心。

秋，还是会来的。但对于一些分离的人而言，某次相别，便是诀别。

张爱玲在1944年写了《爱》这篇爱情故事，全文仅三百四十二个字，苍凉之感却弥漫其中，读后让人久久难以释怀。

故事写一个美少女，一直找不着值得托付终身的良人。某天，在后门的桃树下，一个住在对门、向来寡言的男子走近，轻声对她说："噢，你也在这里吗？"她没有回复。二人沉默地站一会儿，便各自散去了。

后来，女子被拐卖到外县作妾，又几次被转卖，经历了无数风波。在她年老时，她常跟旁人提起，当年桃树下，那年轻男子。最后，张爱玲如此作结：

"于千万人之中遇见你所遇见的人，于千万年之中，时间的无涯的荒野里，没有早一步，也没有晚一步，刚巧赶上了，那也没有别的话可说，唯有轻轻地问一声：'噢，你也在这里吗？'"

难得刚巧遇上，却无从深交，以为这样的巧合是一场错误，却因此真正地造成了一场错误，这是悲剧。难以想象的是，写作之时，她正与胡兰成热恋。有些人在恋爱前忐忑不安，在恋爱中仍然无法享受幸福，她正是这样的人。或者，她早已勘破，他们的爱情，从一开始便是错误，但这个错误是他们二人一起酿成的。

说起胡兰成，大多数人会鄙视他的人格，批判他始乱终弃、通敌卖国的恶行。但不论他如何可恶，他都算是一个长情且深情的人。正如北大教授张颐武曾经评价胡兰成，说："他的书，让我们看到了才华变成一生的错误之后的感慨和忧伤。"无法修补旧错的他，常借文字自责。

在有负于张爱玲后，他写过《我身在忘川》一文。他在文中忆及，当年曾回到上海找张爱玲，但他们已诚然不是以往那回事了，甚至他轻触她的手臂时，她低吼一声，不容亲近。次晨再会，她伏在他的肩头，哽咽地说了一声'兰成'，二人从此相别，不，从此诀别。

他文中这一段最让我痛心：

"梦醒来，我身在忘川，立在属于我的那块三生石旁，三生石上只有爱玲的名字，可是我看不到爱玲你在哪儿，原是今生今世已惘然，山河岁月空惆怅，而我，终将是要等着你的。"

电影《蝴蝶效应》中有一句对白："缘起，在人群中，我看见你；缘灭，我看见你，在人群中。（When it started, in the crowd, I saw you; when it ended, I saw you, in the crowd.）"这句话说的就是，在缘分将二人拉近时，我们在对方的眼中，都是独一无二的；但当缘灭时，我们便在各自的群体中，慢慢被人海淹没，以至无法相见，不相往来。胡兰成和张爱玲，也是有缘有分的，只不过是比较短暂而已吧。

在多番周折后，胡兰成仿似《错误》那首诗中的闺妇，空对山河岁月，倍感孤寂惆怅。也不知道，他有多少次在门铃忽而响起时回想过：啊，那也许是爱玲！然后奔去打开那扇总是叫他失落的家门。

在张爱玲晚年的孤寂中，也不知道，每当有陌生人走近独坐在咖啡馆的她时，她有多少回希望过，那个曾经身在忘川的男人出现，对她说："噢，你也在这里吗？"

偶尔，想起你

没有谁，不能没有谁。

我们所不同的，只是谁最先领悟了这个道理。

他就这样离开了你，没有电影中那些深刻的别语，没有散场的拥抱，也没有吻别和一场淋漓的雨。他只是悄悄地离去，就像这段情从来没有触动过他的心扉。

每次想到那些山盟海誓，你都不会相信这是现实。你只会想起——那时候，他是多么真诚；那时候，他的话是多么甜蜜；那时候，他的心与你靠得多么近。

你偶尔忖度：回忆中的他，才是真实的他。总之，他一定没有忘记自己，他心中连绵的深情从未变过。他怎么可能那么狠心？你还为他编了好几个理由：也许，他患了什么绝症；也许，他必须到异地，不想拖累我；也许，他被什么威胁着。你说，他一定是情非得已的。你舍不得他之余，还会猜想他舍不得你时的孤寂——像你一样，心碎却无法见面交谈。

偶尔，你又用网络聊天工具问候他。也忘了这是第几次重蹈覆辙。可是，他即使在线，也没有回答，或者，越回越短，亦没有了以往那些可爱或甜蜜的表情。唯一多了的，就是那些像绝情丹一样的句号。他回的每一句话，都像在暗示：你在烦扰他。但他没有说出口，他不是怕伤害到你，他只是怕有失大方。直到你意识到他的冷漠后，你又痛哭一场。

偶尔看见秋千悠荡，偶尔看见海边的恋人窃窃私语，偶尔看见月光抚摸着远山，你都想起他。明明知道自己的心将会多痛，你还是停下脚步，幻想回到过去。

偶尔在回家的路上看见一个背影，偶尔看见一套熟悉的衣物，偶尔看见有人提着那把浅蓝色的雨伞，你心里仍会激动起来。明明知道那个人不是他，你还是加快脚步，心中盼望着，他真的再次出现在你的生命中。

许多年后，他可能会像一个密不可分的亲人，在你的心中死了、葬了。从此，你的人生多了一个遗憾。但你知道吗？当一段缘分到了尽头，当一份爱情归于荒芜，当昔日的时光渐渐淡化，深爱过、痴缠过、痛过、怨过，其实一切真如《传道书》所言，都是虚空的、都是捕风。

我希望你能够明白——没有谁，不能没有谁。你们所不同的，只是谁最先领悟了这个道理。

只不过，就算领悟了，在寂寞暗袭时，我们偶尔想起了心中的那谁，我们还是会难过。但是，痛也无妨，反正痛，才证明我们真的爱过；反正痛，我们才会铭记，下次要爱得更真挚、爱得更洒脱。

我也希望，我喜欢的是你

人生最大的无奈，

是发现自己爱的人，

永远也不会爱上自己。

张爱玲说："人生最大的幸福，是发现自己爱的人正好也爱着自己。"但有多少人，看见这一句话，反倒心酸起来？

我也有过懵懂的青春，曾以为爱情的道理很简单，只要付出耐性和心思，终能抱得美人归。那一年，初次表白，我大胆地用了饶舌的方式示爱。尚记得其中几句是这样的：

我应承你

守护你

打造专属我们的独家牌的家

要一心一意一生一世细心挽手同你过人世

对于我的惊喜，当时她没有回答很多，表情也沉静得让我沮丧，在她心里，大概惊多于喜吧。

她只是让我等她一年，好让彼此考虑清楚。

我没有丝毫犹豫，立马说："我等。"

暧昧了一年，同月同日，我再次向她表白。

由于朋友都说，用饶舌的方式示爱实在太瞎闹了，女生怎能觉得踏实？所以，这回，我作曲作词，提着吉他，自弹自唱了一首歌——《讲一声》，献给那个我仍然深爱着的她——

这一刻容让我讲一声

你知多渴想共你结伴余生

这一刻愿你简单地说声

你心中此刻的答案

若有一天天空的边际亦褪色

亦渴想牵手跟你共对

若有一天两鬓发白看不见你脸容

亦再想讲一声爱你

你若愿意跟我共行

我便愿意保护你一生

你若愿意牵我手共度风雨霜雪

我便定尽此生爱护你

这一刻容让我讲一声

你知多渴想共你结伴余生

这一刻愿你简简单单地说声

你心中此刻的答案

　　虽然我唱得不好，而且弹奏的拍子也不准确，但绝对诚意十足。那时，我心里想：耐性和心思，我全都有了，她准会成为我的女朋友。万万没想到，她的回复是——

　　"我也希望，我喜欢的是你。"

　　这一句话，乍听之下，让我误会了她说自己也喜欢我。但细想之后，我的心开始骚乱、迷惑和忧伤。

　　这句话每夜在耳畔萦绕，我逐渐意识到它背后的凄凉。也许她觉得我是理想的对象，还尝试过喜欢我，但她最后还是骗不了自己，还是不能喜欢上我。对于我，她只有欣赏，没有爱情。

　　自此以后，每逢想起张爱玲的那句话，我便会叹息：人生最大的无奈，是发现自己深爱的人，永远也不会爱上自己。

不过，我不会后悔自己对她付出过，因为即使没有收获，她还是值得我尝试，值得我用青春为她痴迷。不要问我为什么，我也不清楚心中的激情从何涌现，我最多只能回答你一个虚浮的答案——因为我爱她。

我想，关于爱情的道理，我们越是去爱，就越是觉得复杂吧。

我拍下的不是食物，而是回忆

拍照留念，
至少可以让我在回忆中，
实在地寻回遗失了的感情，
证明那不是梦一场。

跟朋友外出吃饭，食物端来时，总有一个人拿出手机拍照，让手机"先吃"。我以前觉得这样的举动愚昧可笑，但在那个晚上，我竟然也这样子做了。

那是我第一次成功约她吃晚饭。

暗恋她三年多了，我相信她是感觉得到的，但她总是选择逃避我。

曾听说过，追求女生，最重要的是毅力，只要坚持，就算不能感动她，也能让她对自己的多番拒绝感到不好意思。当她这样想，她就会心生怜悯，给你一次机会。

我这一次的成功，大概就是这种怜悯的结果。

那夜，她害怕没话说会冷场，就选了一家人多的餐厅，说是至少热闹一点。

这跟我幻想中那浪漫的烛光晚餐有点出入，我怅然若失。

等待饭菜时，每当我们的对话中断，她拒绝我的画面或者叫我不要再等她的对白，便会突然浮现在我的脑海中。我知道那是假象，但我还是情不自禁地难过，无法自控地觉得幸福十分虚无缥缈，一下子就走神了，让她不时觉得莫名其妙，问了几遍："怎么不说话？"

张爱玲曾说："人总是在接近幸福时倍感幸福，在幸福进行时却患得患失。"我大概就是进入了这种意乱情迷的状态，但我回答她说："没什么，我放空了而已。"

当食物端来，我突然拿出手机，准备让它"先吃"。一开始，我对自己的这个行径也觉得奇怪，但我还是做了。我还偷偷地把她的衣角也拍进照片中。这大概是因为我那时蓦地觉得，那一幕非常值得留念。我怕自己的记忆力不好，会忘掉当时的曼妙，使它像其余回忆的断片一样凭空消失，所以我用手机把它记录下来。

在未来的某一天，就算这段感情遗失了，我至少还可以在画面中，实在地寻回它，证明这不是梦一场。

不是吗？当我老了，回看这些，这就是青春的明证。

"我们拍个照留念吧！"我提议。

"唉——"她迟疑了一下，回答说，"还是不用了。"

虽然眼前的她是那么真实——因为食客挤拥，我们坐得非常近，但此时我还是觉得眼前的她，虚幻、遥远，甚至比我一直以为的更远。

"哦。"我收起手机，装作若无其事，"不打紧。"

世界上，最遥远的距离

有些人，即使靠得再近，
也无法拉近心灵的距离。

去年平安夜，我心血来潮，自己出门乱逛。无论走到哪
儿，目之所及，满是情侣。由于天气寒冷，他们都靠得特
别近。

老实说，单身多年，这让我好生羡慕。

突然，一条短信传来，我低头查看，一不小心踩陷了
走在我前面的一个男人的鞋后跟。他和挽着他的手的女朋
友回头，怒目而视。我连忙弯身道歉，像只费劲挣扎的
海虾。

后来，我走到火车站，在车厢找了个位置坐下，身边是

一对情侣。由于大家都裹得厚厚的，连上我，三个人已经把一行四人的座位挤得满满的。没想到，另一对情侣还硬要一屁股塞过来。我本想骂他们，或者给他们一个不屑的眼神，但我一看，天啊！他们竟然就是我刚才得罪的那对情侣。

我满身不自在，就起身走开了，像罚站一样站到一旁去。

我心里想，上帝啊，饶了我吧，你是在捉弄我吗？

看着他们，我想起了我的意中人。刚才就是她传短信过来，可是她不是有事找我（她从来不会主动找我），只是回复我之前的邀约，而且，她拒绝我了……

其实，好几次了，我想再向她表白，但我总怕一表白，我们就真的连朋友都做不成了。

然后，我想起了一段诗："世界上最遥远的距离不是生与死，而是我就站在你面前，你却不知道我爱你。"

出于羡慕，我偷偷看了看那两对情侣。他们一对一对，靠得很近，我心里很不是味儿。又瞄了瞄，咦，奇怪了，他们四人都低着头，专注地望着自己的手机，像四根挤在一起的木头一般。

其中一对情侣，男的神情凝重，像在处理什么要紧的事；女的不时在傻笑，然后兴奋地叫情人看自己的手机，但男的没有响应，女的也没有追究。

忽然，男的怒喝了一句脏话，说："又输了！让你别闹非得闹！"然后女的回赠了一句脏话，他们便回归各自的虚拟世界。

至于另一对情侣就比较安静，静到几乎完全没有对话。

没错，他们都靠得很近，心里也没有诗人那段遥远的距离，但是我觉得，他们的距离很远，因为他们之间再也没有言语的交流，彼此在关注的世界也不一样。

大概到了这年头，世界上最遥远的距离，不是生与死，也不是你不知道我爱你，而是，两个人靠在一起，却在玩各自的手机。

感到孤独，只因你不是他的唯一

被全世界爱着还感到孤独，

是因为我们不是那谁的唯一。

米兰·昆德拉的小说《生命中不能承受之轻》中有一个
悲剧色彩甚浓的人物——特莉萨。

最初登场的时候，她是一个乡村女孩，漂亮而朴实，但
纯真的背后却深藏着母亲对她的压迫。她毅然离开故乡，
为的是寻找一个能欣赏她的美的人。

后来，她遇上了托马斯——一个对她动情，并且令她动
情的男人。

偏偏，这个男人是一个风流成性的享乐主义者。

特莉萨的娇美令托马斯无力抗拒，他竟然打破了自己的

爱情规则，娶了她，让一个女人进驻他的生命。特莉萨以为自己可以改变这个男人，至少，她是当下唯一能够在他身上获得名分的人。只是，不久，托马斯便故态复萌，游走在多个情妇和特莉萨之间。

猜忌与嫉妒使特莉萨经常梦见恐怖的情境，例如被人带去一个陌生的地方枪决。她尝试过逃离托马斯，就像她从前逃离母亲一样，但托马斯却以浪子回头的姿态找回她。

人在爱情中，会变得不太理智，她在托马斯的怀中，再一次觉得自己真的能够改变这个男人。可万万没想到，不久之后，她在托马斯的身上又嗅到别的女人的味道。她再一次失望，并且陆续梦见离奇的死亡。

特莉萨纯情、美丽、专一、温柔、善良，要是她活生生地站在我们面前，我相信大部分人都会情不自禁地爱上她。但是，就算全世界（包括托马斯）都爱上她，她也不会感到快乐，她只会感到孤单寂寞。为什么？因为人类是一种占有欲极强的生物，而这种占有欲会加倍地扩散在我们爱的人身上。

所以，即使我们被全世界爱着，只要我们不是"那个人"的唯一，只要"那个人"还有另外的心上人，我们就不会感到幸福，哪怕只是一丝的怀疑，也足以让我们感到孤苦。

一生一世、一心一意，多么漂亮的誓词！但能信守承诺的，又有几人？

假若你找到一个像特莉萨一样全情投入去爱你的人，请你不要再想着拈花惹草了。要让爱侣幸福，最简单的就是让他感到你的专一。他那么想占有你，不过是因为太爱你，想得到你更多的关注而已。而且，不要再说你是放弃整座森林去爱一棵树——

不要怪我说得狠，其实我们都不曾拥有一片森林，我们只拥有那么一个全心爱我们的笨蛋。

你怎么还忍心让他感到孤单呢？

爱一个人，不像吃一碗泡面

爱一个人久了，
你才能看透他的内心，
看清他的人格和性情。

我单身，将心中最重要的位置留着，不是因为我没有人喜欢，而是因为我在等待，等待这世上最值得我爱的人。

而且，我要么不爱，要么就一爱到底。

因此，比起孤单寂寞，我更怕看见自己的生命，因为一个负心人而变得残破不全。

九把刀出轨，与周亭羽另生私情一事，曾闹得沸沸扬扬。

九年的感情，小内从十八岁开始，便将最宝贵的青春托付九把刀。他们虽然还未结婚，但早已承诺终生，二人的生命已是密不可分。

然而，九把刀却因为一时软弱而放纵情欲……这真的很让人感到不齿。

虽然九把刀一直都说自己不是圣人，只是一个普通男生，但这并非他出轨的借口。我们都不再是小孩子了，成长让我们必须背起某些沉重而不可推卸的责任。

当然，我们只能用言语去责骂九把刀，爱他的读者也应该骂醒他，但我们都没有资格去审判他。原不原谅他，并不是我们说了算，而是要看小内的个人决定。

别忘了，我们始终是局外人，我们都无法了解小内对九把刀的爱是何等深厚，甚至宽容得何等"愚蠢"。

同时，我们也无法全然明白，九把刀痛改前非的决心。

这一切，小内最清楚。

然而，我们也不尽是局外人，因为我们都爱过、我们都蠢过、我们都为爱情冲动过。但冲动带给我的，只是一时的快感和沉痛的领悟——

爱一个人，不像吃一碗泡面。泡面泡久了，面条会发胀变软，味道也会怪怪的；但爱一个人，相处久了，你才能看透他的内心，看清他的人格和性情。

　　所以，不要再因为孤单、渴望被爱，或者因为爱情给了你一时的亢奋，就轻易将自己的一生献给另一个人。不然，你会受到一生中最难以弥补的伤害。

平衡的艺术

这时代从来不缺爱情，

缺的是把爱情当成一回事的人。

在这个物欲横流的都市，爱情，有时就像一宗交易，你能给我欢愉，我便给你回报。你不能，或是我的感觉淡了，即使曾经的感情再深厚，彼此的情缘也注定要结束。爱情成了价值相等的货品——你若来，我才往；你不来，我自是不往。

现代人还喜欢为分手编一个美丽的借口——因为了解而分开。归根究底，是这笔生意开始亏本了。谁还愿意无条件地牺牲？谁还愿意敞开胸膛，承受一段恒久的爱情中必不可缺的沉痛？可是，欠缺牺牲的精神、承担的勇气，又算是哪门子的爱情？

或许，我们的商业价值都不高，所以我们都很容易被放下。

我的朋友阿信，爱上一个名叫阿宁的女孩。据说阿宁也爱他，但他们二人重视爱情的程度却截然不同。阿信为了阿宁做了很多现代男孩不会做的事情，写歌、写诗、写情书，偶尔给她一点小惊喜。但阿宁却更重视学业前程。

阿宁觉得，这样的爱，太贵重了，以致一时无力负担。对她这种女生而言，爱像精品，太贵重的话，还是留在小店的橱窗里就好。偶尔路过，花点时间赏赏，刚好。要买回家，代价太大，还得小心翼翼地保管，一不小心，打击会太大。所以，还是算了吧。

而我却觉得，阿宁不是无力，而是在前途与爱情之间，她选择前者。

阿信说，到了今日，在阿宁忙碌时，他已经不敢再找她了。因为他试过太多回，在阿宁忙碌时，自己像被完全忘记掉一样。"已经好几次了，我以为自己的手机或网络坏掉了。但原来，是我期待太多了。"他又说，"所以在她忙碌的时候，我还是静静地替她祷告好了。"

在这个时代还有这样重情的人，着实难得，我也为拥有一个这样的朋友而自豪。只是，这还算是相爱吗？人越大，我就越觉得难以寻找到一个在忙碌时仍然惦记自己的人。当然，我们不能占据情人的每一分每一秒，但如果对方在天昏地暗的战场上仍能偶尔回头看看那个一直在身后鸣锣击鼓的我们，如此，我们的付出才有了意义。

在我眼里，他们的爱失衡了。

人与人之间的爱，永远无法像上帝爱人一样，一则过重，一则过轻。

人类的爱，双方付出的心力需要平衡起来，才能算是艺术。我也是这样对阿信说。

阿信却回答，一般人听到爱情要平衡，就有以上的概念，认为收入支出要对等，那才平等，那才是舒适的爱情，但他觉得，爱情不应该掺杂等价交换的原则，这使爱情变得俗不可耐。

有以上想法，是因为我们在思考"平衡"时，忘记了"支点"。

他以平衡积木为例："如果支点不是在中间，要达到平衡，横木两边便要载着不同重量的东西，一边重一点儿，一边轻一点儿。"他停顿了一下，继续说，"这样的平衡才是艺术。"

我听后恍然大悟。阿基米德发现"杠杆原理"和"力矩"时，说过："给我一个支点，我可以撑起整个地球。"大概要担起爱情，也需要寻找一个支点。那个"支点"，决定了我们的爱的投放量——勇气多点的，便主动一点。主动不是示弱，或者没有矜持，而是体恤对方的软弱，表现自己对恋人的重视；骨子里浪漫一点的，便多花点心思（我常觉得，那些说"平淡就好，不必浪费精神心思去浪漫"的人，是爱情中的懒鬼。毕竟爱情是需要经营的）；耐性不足的，就学习忍耐和等待。

如果你渴望一生一世，你怎能强迫恋人接受你，怎不愿意多花点时间等待？一股傻劲拉着对方冲，双方都会喘不过气，还可能都会大摔一跤。

至于实际上要投放多少，自己判断吧。

爱是一门艺术——一门只有你们二人才最了解的平衡艺术。

很遗憾，要找到一个人，认真地研究爱情的平衡点，学习忍让、牺牲、付出，那还是一件难事。毕竟，到了这年头，可能我们缺的并不是爱情，而是把爱情当成一回事，而不只是一宗交易的人。

不过，因着认识了阿信这样的一个傻瓜，我选择——相信爱情。

你爱暧昧，还是爱他？

如果爱的话，

可以多拿出一点勇气，

做一个愿意负责任的人吗？

有人说，恋爱最美好的时期，就是令人意乱情迷的暧昧期。因为在爱情还在萌芽的阶段，恋爱双方都不用担上什么责任。心情大好，就跟他吃顿饭、看场电影；心烦意冷，就敷衍冷落他，贬他做回普通朋友。每逢什么节日，又能收到一点小心意；每隔一段时间，又有人陪自己到浪漫的地方吟风赏月；每次受了气，又有一个随传随到的"树洞"。

特别是肥皂剧多看了，无论男女，都爱幻想浪漫的追求情节，并期待它们实现。而当两人的关系变成了"友达以上，恋人未满"，暧昧就出现了。即使对方不能满足你的幻想，反正没有什么承诺，你也可以安心地骑驴找马：先留着及格的他，再寻找一个所谓的完美情人。

所以，暧昧，还可以被美化成一个等待更好的人出现的时期。

其实只要想清楚一点，谁都能发现，暧昧的受益者，只有被追求的一方。而那群经营着一段小恋情的傻瓜，他们得到希望，却从来没有人给他们保证什么；他们苦苦猜疑自己的身份，究竟算是朋友吗？是知己吗？是情人吗？是准情人吗？还是已经成了亲人？他们用心讨好与守护自己爱的人，可能偶尔有点小惊喜，但终究还是被暗示——时候未到。

他们根本就是暧昧中的受害者。

老实说，我也觉得自己形容得有点过分。

享受暧昧，可能没有对错之分，反正一切都是你情我愿。

可是，如果爱的话，你可以拿出多一点勇气，做一个愿意负责任的人吗？

你永远不知道，每当你给了他希望，事后却又装作什么都没有发生过，他的心，会有多么空虚失落。因为他已经掏出了自己的心，来将你放进里面。

完美情人

爱情，

不是要寻找一个完美的情人，

而是要找一个，

能让彼此更贴近完美的人。

"也许，我们并不合适。"她最后跟男朋友闹翻了，跟我抱怨说。

"你现在才发现吗？"我应道。

"你也这样认为吗？"她问。

"嗯，是的。"我笑了一笑，"但是，那又如何？"

"那又如何？我正想问你呀……"她一脸迷惑。

所有人都崇尚自由的爱情，而对我们来说，自由就是随心所欲——有感觉，就在一起；爱淡了，或者发现大家不太匹配，就随意分开。就像我身边的朋友，恋爱超过两年才分手的，也非常罕见。分手的理由，来去都是"不合适"，觉得对方不是自己的完美情人。

说一句狂妄的话，其实我并不认为这是自由，我觉得这是放纵。他们所谓的爱情，只是放纵自己，随着感觉和心目中的幻想走，根本没有承担一个生命的准备，没有白首不分离的盼望，没有此志不渝的决心。

这世界上根本就没有完美的情人，因为大部分人都是贪得无厌、得一想二的。就算我们找到一个称心如意的情人，时日久了，当贪婪将我们蒙蔽，我们还是会幻想出一个更完美的恋人形象，继而挑剔当下的伴侣。

如此，周而复始，始而复周。

所以说，追逐所谓的完美情人，其实是一场虚妄。

可能，我的想法过于迂腐，但我还是认为，爱情，不是要寻找一个完美的情人，而是要找一个能让彼此更贴近完美的人，并要学习，如何将那个不完美的人，看得更为完美。

这样的爱情，才能如日月经天、江河行地，也像腌渍肉类，存放越久，咀嚼起来越有味道。

有些幸福，带着痛

值不值得、幸不幸福，

其实你最清楚。

始终，真心爱着那个人的，

是你，不是旁人。

泰戈尔说："眼睛为她下着雨，心却为她打着伞，这就是爱情。"

按我的理解，这句话的意思是，即使你为了一个人痛哭（不论她是让你难过还是让你忧心），你仍然愿意守护她，随时为她遮风挡雨，这种无私的牺牲，就是爱情。

我认识一个朋友，过了这一夜，他就等候一个女生四年了。

四年前，他们有的是暧昧。她心慌意乱，难以抉择，他一口应允可以等；

三年前，他们有的是矛盾和挣扎，但他选择坚持；

两年前，他们有的是冲突和离离合合，还曾经试过分开半年，但又从朋友的关系重新开始；

一年前，他们有的是害怕，害怕三年来的感情突然消失，像走在越南旧战区之中，双方也不知道哪一方会突然踏上地雷、哪一天要蓦然告别。

时至今天，早已数不清，那女生说了多少遍不要再等她了，而他，在沉痛中，仍然执着如此。

论相处，他们接近情侣；论关系，他们却停滞不前。

他不时找我诉苦，我也明白他被拒绝时的难受，但基于不想他继续受伤的立场，我一直对他说放手吧，时间会冲淡伤痛。他当然明白习惯就好的道理，但他就是放不了手。

后来，他最亲的朋友都骂他蠢，还有人说那个女生的不是。他却岿然不动，一直坚持，并且一直为那女生辩解："她有自己的选择权，她也没有拖泥带水，每挣扎一段时间，便拒绝我一次，不胡乱给我希望。她一定也需要花很大的勇气。等她，是我痛苦而幸福的抉择。而且，她是我一生中遇上过最好的女人，只要想象有那么一天，我能够牵着她的手，一切便都值了。"

听他这样说，我心里又感动又感慨。

我一直质疑，痛也可以是幸福的吗？这不是在作践自己吗？

　　但到了今天，我会想：其实，我们自己的幸福，不是别人可以定义的。他是那么难以理解，甚至有些固执、糟蹋光阴，但这些都是旁人眼里的"自以为是"罢了。值不值得，幸不幸福，其实他最清楚。始终，真心爱着那个人的，是他，不是旁人。

　　大概，有些幸福是带着痛的。希望有一日，他终于可以等到一份不带痛的幸福。

爱情的病变

他们的爱情，只如
深秋老树的枝桠间卡着的枯枝，
看似仍然生长，却早已枯萎，
从心醉，到心累，到心碎……

"我们'失联'了。"她说。

"什么？"

"最近他老在忙……"她补充，"哈哈，我们就像失去联络一样。"

她仍然笑着，满不在乎似的，但眼睛是不会骗人的，她的眼神出卖了她。

"那你怎么不主动找他？"我反问。

"我觉得很累了。"她收起笑容，正色道。

这段恋情，我像追看电视剧一样，收看两年多了。

他们都是我的好朋友，郎才女貌，看见他们谈恋爱了，我真心替他们高兴。坠入爱情的人，就像着了魔，或者染了一种怪病，让人挣脱了自己，并在肉体内嵌进另一个灵魂。

没想到，他们的爱情还是出现了病变。

一开始，是他追求她的。

那是他们最甜的时候，也是我最酸的时候。因为那时事无大小，只要他们暧昧一点，她都会偷偷跟我分享。对于单身多年的我而言，他们的小恋情可真让人羡慕。

有一回，她兴奋地说："你知道吗，在我想念他的时候，他刚好就主动找我了！我未说的话，他一下子就明白了！多凑巧啊！"

心有灵犀一点通，这样的爱情每个人都期待，也难怪她那么雀跃。

"哦。"我太羡慕了，所以打趣地说，"爱情真让人冲昏头脑。"

"我没骗你呀，已经好几次了，我刚好想起他，他就找我了！"她重复，仍然说得手舞足蹈，最后还补充一句，"太神奇了！"

"说什么'刚好'？你有什么时候不是想着他的吗？"我在心里嘲讽，但没有说出口。

后来，他们真的成了情人。

还未谈恋爱以前，她想保留点矜持，就克制自己，避免经常主动找他。不过，她也没怎么操心，反正他那时老是缠着她，像一只哈巴狗。

可是成了恋人后，什么都逆转了。她变成了主动者，一天找他好几次，他却慢慢被动了起来，像一只软骨增生的苏格兰折耳猫。

最近，她常跟我抱怨说，他已经很少主动找她了，几乎都是她先找他的。所以，近来每次碰见她，她都是板着脸、扁着嘴，一副生人勿近的模样。他们也因为这件事吵过好多次。不过，这阵子，他们已经不怎么吵了。他越来越冷淡，而她，虽然不舍，却真的累了。他们的爱情，只如深秋老树的枝桠间卡着的一条枯枝，看似仍然生长，却早已枯萎。

"嗯……我好累了。我很想念，从前我刚好想起他，他就找我的日子。"她接着说，"但那些日子，好像永远不会再来了。"

之后，她静默，像是等候我的一句安慰，或是一句劝勉。

我不懂回答。

我一直觉得，谁也不应该轻易放弃爱情，因为无论多么残破的爱情，只要彼此还有爱的话，也总有办法补救吧？但是看着他们，从心醉，到心累，到心碎……我竟也疑惑了。

　　也许，有些时候，放手是最明智的决定吧。最后，我只对她说了一句——

　　"加油。"

后来一切已惘然

后来，当我们看清自己的内心，
只恨往事已惘然。

"后来/终于在眼泪中明白/有些人/一旦错过就不在"

相信爱听音乐的朋友，对这句歌词不会感到陌生。

"后来"二字，本是一个中性词，但许多人用起来，还是多少带点幽怨。这大概是因为，我们都很清楚，有些人、有些事，错过了，就不能重来，余下的只有遗憾，我们能做的往往也只能是悔疚、内疚与追悔。因此，这个词语带着一丝抹不掉的伤感，像一个满脸疮痍的老人，心底总藏着许多悲伤，无处话凄凉。

但我们却无法避免"后来"——

后来才发现他的好；

后来才发觉被爱的幸福；

后来才知道自己原来深爱着他；

后来才醒悟当时的幼稚。

就像周星驰主演的《大话西游》中，至尊宝用时光宝盒回到过去，他自以为深爱白晶晶，所以千方百计要回到过去，但后来却发现，自从遇上紫霞仙子，他才明白何谓真爱。

只是，当他后来发现自己的心意，因为命运的残酷，他却必须跟紫霞仙子分离。

在电影的结尾，至尊宝已经做回孙悟空。他扬起沙尘，附身到转世的自己身上，向转世的紫霞仙子表白，实践了自己五百年前的承诺，然后似乎很潇洒地离去。

然而，紫霞远望着他的背影，却说他"像一条狗"。

的确，自从重新戴上紧箍咒，至尊宝的命运便被紧箍。他成了一条忠于西游使命的狗，却再也无法忠于自己的爱情。

是的，后来，当我们看清自己的内心，只恨往事已惘然。

一直被"后来"缠着的人，永远活不出愉快的未来。

亲爱的，一定要记着，忧伤带给我们的痛，不是我们人生的重点。真正重要的，是我们如何从悔恨哀伤中成长。如果活于当下，都开心不起来，忧伤一直累积，明天自然也是由伤感组成，不是吗？

但愿，在"后来"以后，你也真的学会去爱，学会活得更潇洒。

害怕太幸福

胡思乱想多一秒，

说不定

幸福就与你擦肩而过多一次。

大概不少人也曾在幸福中感到患得患失，因为我们都受过太多伤害，彼此都背负着未能愈合的情伤，从此不敢再轻易相信别人，甚至不敢相信自己那与生俱来的爱的直觉。

她是一个温婉娴静的女孩，话很少，听人说话时双目清澈灵动。

我喜欢跟她谈小说的故事、讲电影的故事、说自己的故事。那时候的幸福是真实的，但我却没有勇气去握紧，我害怕抓紧她的手后，某一日，她会用更大的力甩开。

后来，时机一过，于她，当初的心动已经变成当时的一时冲动；于我，最佳的机会已经像细沙从指缝流失。

有些错失是追悔莫及的，有时写起这样的短暂交集，我都只是描写它的轮廓，没有刻画它的耳目，因为似乎这样的故事过于普遍，几乎在每个人的青春中都曾出现过。

我们都迷惘过，我们都害怕过。

那年，我跟她一起看了《发梦王大历险》（台译：《白日梦冒险王》）。电影主角是一个普通的杂志社员工，过着单调平凡的都市生活。他唯一与众不同的，就是游魂本领一流，能幻想出一些脱离现实的情境，然后融进一场场大历险之中。但当镜头一转，回到现实，他只是一个呆站着在虚想的笨蛋。

我也爱神游。正因为这样，面对幸福，我总怕自己处于虚幻，害怕镜头一转，我又失去了一切，成了一个呆呆的傻瓜。

因此，当我太开心，我会猜疑，我不敢确定那就是幸福。我怕自己过于雀跃，梦醒后，现实会给我沉重而残酷的一击。

跟那个女孩看完电影后，我的心被当中的情节击中了，几乎要翻出常携于身的定情信物送给她。但看着她，我犹豫了，我始终害怕。

这样的犹豫一再使我在幸福面前绊倒。

因为尴尬，我们有一段时间断了联络。

再相遇的时候，我们之间的情愫，已如折断的鲜花。

后来，她坦白地跟我说，其实她考虑过跟我在一起，只是她没有那个勇气。没有被我爱上的明确信息，也没有承担起一段感情的力量，所以，当年她什么都不敢跟我说，只沉静地等待我的主动。

那时，我才发现，幸福进行时，想太多根本是杞人忧天。

现实未必尽如人意，但许多时候，它也根本没有我们忧虑的那么糟糕。

胡思乱想多一秒，幸福可能就会与我们擦肩而过多一次。

就像当时，我错过了她，她又何尝不是错过了我呢?

爱，需要节制

感情这回事，有一个临界点，
投放过多，就会吃力不讨好。

2011年情人节前夕，华纳家庭录像公司展开了一项涵盖两千人的调查，选出了英国文学作品中最浪漫的十句情话，其中一句原载于拿破仑·波拿巴于1796年写给妻子约瑟芬的快信中——

"希望不久我将把你紧紧地搂在怀中，吻你亿万次，像在赤道下面那样炽烈的吻。"

（I hope before long to press you in my arms and shall shower on you a million burning kisses as under the Equator.）

我曾经以为，爱一个人，就要毫无保留地释放自己的爱意——

　　知道她孤单，就陪伴她；

　　知道她受了气，就主动当她的树洞；

　　知道她生日近了，就精心制作一份礼物给她……

　　总之，要竭尽所能，让她知道我爱她。

　　我所做的，在别人眼中可能是细心、浪漫的事情，但当时光流转，经验告诉我，过分地倾心示爱，即使对方也是爱着你的，仍会让对方感到沉重，无力负担。

　　爱一个人，应该包含着节制。

　　有一些人仿佛长期活在热恋期当中，他们常因为按捺不住心里洋溢的激情，事无大小，都找情人说，有时谈起一些无聊的琐事，也可以花上好几个小时。

　　日子久了，这样的习惯会过量地侵吞对方的私人空间，令对方感到困扰。直到彼此厌倦，爱情，便走到尽头。

　　我觉得痴情没有问题，但当一份情意让自己和情人都过度疲劳，那样的爱情就太沉重、太让人无所适从了。

　　有时，是我们把对方看得太重；

　　有时，是我们把自己在对方心中的地位，看得太重。

　　感情这回事，有一个临界点，投放过多，就会吃力不讨好。你不是给了对方压力，就是给了自己压力，或者，双方都被拉扯得无暇喘息。

所以，学会节制，再偶尔来一个"小别"，或许爱情带给你的空气，更为清新怡人。

不必倒数，有你就好

我们总是过于执着细节，
忽略了一段关系中最重要的事实——
我们拥有着对方。

2014年12月31日23时59分，我拨了电话给意中人。

嘟嘟——

望着电视屏幕上的跨年节目，现场一片欢腾，我很希望我们也在现场——不，其实不在现场也无所谓，我只希望她在我身旁。

嘟嘟——

倒数开始了，我心里焦急得像等待队友救援的受困士兵一样。然而倒数过后，她始终没有接听电话。

2015年就在我的失落中悄然降临。

我没有重拨，只在Whatsapp（智能手机通讯应用程序）留言说：Happy New Year（新年快乐）！

隔了一会儿，她回复说刚才洗澡去了。我笑她没有跨年倒数的概念，她笑我太执着。

被她这么一说，我一开始怪难受的。

我一直认为，能跟重要的人一起迎接新一年，第一眼所见是她的模样，第一声听到的是她的声音，是有重大意义的。而且一起倒数，有我陪着她送旧迎新，那短促的十秒，恍如一整年的压缩，象征着这一整年，我们都有着对方，这不是羡煞旁人吗？

只是，她不这么认为。

就在我胡思乱想的时候，一个朋友传来一句贺年短信。

好奇之下，我问她跟男朋友怎么庆祝新年。

她说："没有啊，我们只是在电话中说了句新年快乐，然后闲聊了一会儿，连倒数也没有。"

然后，我就发表了上述的跨年观，试图说服她。

怎料，她回复道："狂欢倒数真的那么重要吗？我认为最重要的，是我跟他实实在在地拥有着对方。"

这句话如一道闪电，炸散了我心头的郁闷。

想想，其实倒数、庆祝什么的，都只是形式上的事情。我们却总是因为表面的东西，而忽略了一段关系中最重要的事实——我们拥有着对方。

很多时候，朋友之间也好，情人之间也好，我们都太纠结于一些并不重要的细节了，仿若对方不怎么怎么做，就代表对方不重视自己、不够爱自己。

当烟花灿烂时，我们都将视线聚焦于花火之上，那一刻，大概我们都忘记了，那浩瀚的天幕、那璀璨的银河，才是天空中最实在的背景。

CHAPTER 02
第二章

始终，念念不忘

有些特别的过客，
未必与你走过一段很长的日子，
但却给予了你一段很深的回忆。

只是旧朋友

什么是所谓的旧朋友？

大概就像"旧情人"一样，

错失了，就情谊不再。

人生，是一段你来我往的过程，大多数人都是过客，谁也没有把握可以永远拥有谁。

我曾以为，只有爱情这种常使人心力交瘁的东西，才那么虚无缥缈，但原来友情，也不外如是。

某天，回家时，我先后碰见两个旧朋友，他们应该也看见我了，但我们却不再是从前的我们。

第一个碰上的，是我以前的篮球队队友。

我们曾视对方为沙场争锋的战友，只是高中毕业后，我们各分东西，各忙各的，联络渐少。我们的友谊就像破庙中的残烛，烧一寸，短一寸，但我心里仍然很想念这个朋友。没有常找他，其中一个原因，就是怕打扰他。

那夜重遇，刚巧是在篮球场上。

球场是开放式的，旁边就是行人路。我在那儿经过，一眼就认出了他，他正跟另外两人在场上玩射球游戏。他在捡球时也看见了我，我们四目交汇，刹那间，所有回忆掠过心头，我甚至想过牺牲新买的皮鞋，上前跟他重拾征战球场的滋味。但就在刹那的呆滞后，当我想举手打招呼时，他却转过身，像是忘掉了我、像看见一个普通的路人，继续射球。我好不尴尬，便匆匆离去了。

也许，我应该喊他，跟他打一声招呼。

或许，他只是没认出我，我想。

第二个碰上的，是我以往很崇拜的学长。

我们称不上深交，但曾经一起搞过社团，我尊崇他，他欣赏我，也可谓惺惺相惜。

遇见他时，我们走在一条很窄的公园小径上。

我们迎面碰上，虽然灯光颇为昏暗，但我一眼就认出他来。他也瞥了我一眼，就在四目交投的一刹那，我心底的激动一进而发，但我连手也还未举起，他就像穿过了一个灵魂一样穿过了我，同时也冲散了我的激动。

我一边走，一边转身看他，希望他只是想跟我开个玩笑，但他的脚步没有止住。我还因此撞到迎面走来的一位女士，被怒骂了几句。

也许，灯光太暗，他只是认不出我来；

又也许，他赶时间，并未注意到我，我想。

但我其实很清楚，有些人，一旦分离，便形同陌路。

从此，他们只会称对方为"旧朋友"。

什么是所谓的旧朋友（非老朋友）？大概就像"旧情人"一样，错失了，就情谊不再。

然而，我仍然为我们之间的冷漠而难过。

最美妙的机遇

人与人之间最美的机遇，
就是两颗寂寞的心，
在一个意想不到的时刻，
偶然遇上。

"有些人一直没有机会见，等有机会见了，却
又犹豫了，相见不如不见。有些事一直没有机会
做，等有机会了，却不想再做了。有些话埋葬在心
中好久，没机会说，等有机会说的时候，却说不出
口了。有些爱一直没有机会爱，等有机会了，已经
不爱了。"

——张爱玲《有些人，我们一直在错过》

世上很多事都是讲机遇的。

譬如我偶然得到某个灵感，写下一段文字，你又偶然看见了，我认为这本身就需要机缘。

所以，为着你们每一次的"赞好"、每一句公开及私下的留言、每一声真诚的鼓励，我都十分欣喜，并为此感恩。

又譬如你伤心的时候，偶然在小巴上听见电台播着一首述说着你的故事的歌，了解到自己并非真的那么孤单，得到些许安慰，这也是机遇，且是微妙的。

如果你问我，人与人之间最美的机遇是什么，我会说，就是两颗寂寞的心，在一个谁都意想不到的时刻偶然遇上，并且因着心灵的投契，得到慰藉、深感欣悦，继而建立了一份密不可分的情谊。

打一个经典的比方，在一场滂沱大雨中，我们刚好在同一屋檐下避雨，不约而同地开口向对方说话，一起尴尬地笑，然后用最琐碎的话题打破两个陌生人之间的隔阂，最后成了一对密友，甚或一对佳偶。

这，便是我心中最美的机遇。

然而，诚如张爱玲所说，有些人、有些事、有些话，偏偏错失了这些微妙的机会，因而变成不值一提，甚至不堪回首的人生嗟悔。

这，是可悲的。

也许，我们还在追悔着，但其实悔疚多一秒，我们便错失多一秒。

我们以往错失的还不够多吗？

所以，趁着还能爱一些人，趁着还能做一些事，趁着还能说一些话，好好把握上帝为我们精心策划的机会吧。

那些机遇往往是一闪即逝，到我们后悔了，许多时候已经太迟。

封存于回忆的情谊

我们感到孤单，

不是因为没有人理会，

而是因为我们重视的人，

不再理会自己。

对我这么一个普通人而言，高考应该已是一辈子最难熬的考验。

一来，需要背记的知识过于庞杂。

二来，师长常说高考几乎判决了一个学生一生的成败，这种心理压力常令我抓狂。

庆幸的是，在那个时期，我至少还有三个忠实的战友。

想当年，我们上课一起睡觉，下课一起赶去补习。考试前夕，我们组成了温习小组，每天监督彼此的学习情况，担当彼此的导师，教授自己擅长的领域。

大清早，我们便会去自习室外排队候进，温习至晚上八时至九时。

那样的生活忙碌而急促，每每温习完，我们都会头昏脑涨。但我们有一个小约定，就是每天都要一起散步回家，让生活得以喘息，直至走到必须分散的十字路口。

这也是那段日子中，我们最珍贵的时间。

我们还约定了，要考上同一所大学。

总之，就是友谊万岁。

后来，他们三个都考入大学，但因为所选专业不同，只能分别上了三所不同的大学。而我，却没那么幸运，只能升读政府认可、广告吹嘘，但社会却看贬的专科学校。

初时，我们不时约出来吃饭唱K瞎聊，私下还会互吐心事。但后来，他们想更深入体验大学生活，参加了开学营、住了宿舍、当了学生会干事，生活圈子越来越大。而我，只觉自己被关进了一个困兽场，开展了接二连三的新战斗——专题研习、考试、论文。

渐渐地，我们走上了人生的十字路口，即使难得相约重聚了，也总有一个人缺席。

聚后的合照，永远没有以往那么完整。大家的笑容，看起来似乎也没那么灿烂。

相聚时，他们聊起大学生活，津津乐道，而我只有满心的羡慕和失落。

在以后很多的日子里，就算私下联络，我们说的话也越来越表面，寒暄寒暄，渐而不相往来。

隔了数年，我才发现，我们感到孤单，不是因为没有人理会，而是因为我们重视的人，不再理会自己。

或许，是我把他们看得太重。

又或许，是我把自己在他们心中的地位看得太重。

不过，我还是很重视他们，想和他们回到过去，但有些事、有些情，一回首，只剩离愁。

或许，我们的友谊只该封存于回忆，因为回忆有时候比现实更美。

搜集那些锦绣的纠缠

只要活着，我都会
用灵魂感受身边一切的情感，
用身体爱护还可以爱的人，
用文字记录生活的点滴。

席慕蓉曾说："明明知道总有一日，所有的悲欢都将离我而去，我仍旧竭力地搜集，搜集那些锦绣的纠缠。"

可能你会狐疑，一个人搜集喜乐固然是合理的，但为何还要搜集过去那些复杂的悲伤？

我的回答是，我们活着，真正收集的不是悲与喜，而是回忆。而且，这个世界不是你想单单收集快乐，便可以只收取快乐的。还有许多时候，悲喜就像祸福一样，本就唇齿相依。

例如，回忆中的痛，使我们能持续成长，使我们不再重复犯错，那么，这种痛，究竟是好是坏？

其实，只要懂得成长，痛也有痛的意义。

较早前看了电影《忘了、忘不了》（台译：《手札情缘》）。看过的人，可能都会觉得男主角年老后面对癌症，扛着沉重的人生，还要照顾一个忘掉自己的老伴，是一件悲伤不已的事情。但是，正因为回忆中的羁绊，他心中才有了爱的凭证，才有了牺牲的力量，才有了活着的意义。

相反，女主角年老后患上严重的痴呆症，非但忘掉男主角的一切，甚至连自己是谁也记不起。她那时候的人生，是空白的，面对着身边的人和事，只有无限的陌生感、疑虑、恐惧。旁人的一句话，足以使她六神无主。她的内心，失去了体会爱与被爱的能力。

于我而言，没有回忆，或者回忆总是模糊一片，才是真正的悲哀。所以，我也会像席慕蓉一样，临别世界之前，用灵魂感受身边一切的情感，用身体爱护还可以爱的人，用文字记录生活的点滴。

悲也好，欢也好，我们一起竭力地搜集吧！

不要在衰老之前，在各样无聊的事上虚度终日，以致错失了那些锦绣的纠缠。

人生美丽与否，就要看我们如何丰富自己的回忆了。

回盼

你永远不知道，
你的一个回望，
可以让情人感到多么幸福。

每逢遇上情侣道别，我都会暗暗地在旁观看，期待看
到一些戏剧式的浪漫场面。但在多数的情况下，二人分离
了，便分离了，连一下回盼也没有，仿佛看厌了对方，又
或者，对方只是刚好擦身而过的陌路人。

只有一个朋友，每当他与情人分离，都会目送她离开，
直到她成了一点比尘埃更小的点，或者在某个转角消失。

有一回，她要飞去法国留学半年，他去机场送她。
她登机后，他便痴痴地看着飞机，然后仰望长空，直到

飞机渐行渐远，消融于远空。最后，他还闭目默祷，愿她平安，才肯离去。

而她，却一直不知道。

直到某天，他又目送她上班，注视着她穿过大堂玻璃旋转门。

这时，因为遗下了一份文件，她突然回头。到那一刻，她才发现，这个男人，原来那么不舍自己。她笑他傻。他说，值得。

我也笑他痴缠。他却毫不惭愧，说人生如客旅，这一刻不珍惜眼前人，更待何期？

看着她平安地离去，便是他全心全意爱她、保护她的凭证。

我问他，她似乎很少回头看，他是否会因此难过。

他说，不是这样的，她有，只是形式不同而已。

原来，每逢别离，她都在心中温习他的温暖。而且，除了乘飞机的那回，平时她都会传一句"多谢你"的信息给他。

能够回头道别，是一件很美妙的事。然而，不是每个人都有这种福气，因为不是每一个人，都愿意花时间这样送别。

如果你这么幸运，众目睽睽又如何？

不必害羞，舍不得你爱的人并不是一件错事，因为这是出于真爱，爱既坦荡，应当没有羞愧。

你永远不知道，你的一个回望，可以让情人感到多么幸福。最怕你回头，他已离开了，只剩下一个冷峻的背影，浮沉于午夜梦回间。

安静慢走

请你单纯地相信，

她（他）正在未来等着你，

有一日，

你也会一直安静地牵着她（他），

慢慢走。

前晚看见一对老伴慢走回家。伯伯左手拿着一束玫瑰花，老套，但依然浪漫。他偶尔关心地侧望婆婆，慎防自己走得太快。婆婆也会回望他，大概表示：没问题，我能跟上。

虽然耄耋恋人一般都沉默寡语，不再像年轻时那样在街上吵吵闹闹，但看见他们默然相视、默然而笑、默然并肩、默然地牵着手漫步回家，我们都不会感到凄清唏嘘，仿佛忘记了岁月的无情摧残，一心期待着我们老年时的宁静安好。

两个人，由老公、老婆走到都变成老公公、老婆婆，看似简单，却殊不容易。

每次看见相似的情境，我都会觉得很温馨，同时也很欣羡。因为我曾经错失过一些人，就算现在偶尔还会碰面，但此时已是相望不相闻，这总是让我感到唏嘘。

也许有一日，我们可以重新成为友人，但我们只能活在两个世界之中。所以见到白头偕老的恋人，我暂时还是只能羡慕。不过，人生最绝望的，不是现实的残酷，而是在残酷的环境下我们都失去盼望。

现在，你也跟我一样，只能羡慕别人吗?

那么，也请你跟我一样，单纯地相信，她（他）正在未来等着你，有一日，你也会一直安静地牵着她（他），慢慢走。

至少还有你们

至少还有你们，让我坚信，
我没有被这个冷酷的世界遗弃。

我与几个老朋友每隔一段时间便会重聚一次。

我们没有明文规定隔多久必须见一次，只要彼此思念，觉得该是时候见一面，便聚起来。

离开中学后，我再也没有认识过如此亲密的朋友。这类密友，一辈子大概只能交上那么一两次。

有一回，我们约了聚会，当天刚巧是朋友L的女朋友K的生日，我们便请K一起出席，顺道替她庆祝。席间，她收到一条短信，看完后笑得很甜蜜，像一个小女孩喜获一颗牛奶糖似的。

朋友L好奇之下，抢了她的手机来看。他挡住K的反袭，刻意地打了个夸张的冷战，情深款款地朗读：

"Dear, there might lots of people shown up in your life but most of them are only pass by. Yet, I would love to be the one whom be with you until the last. You understand. Happy Birthday!"

（"亲爱的，可能有很多人出现在你的生活中，但大多数人只是路过。但是，我很愿意和你在一起直到最后。你理解的。生日快乐！"）

读完后，他环视我们一眼，调侃道："You understand."
我们几个男生立时哄堂大笑。

这段话是K的闺蜜传给她的，先不管文法和用词，其他人都嘲笑这些话太肉麻了。
我见大家笑得那么开怀，不好意思说，其实我觉得这段话挺窝心的。尤其是在生日、纪念日、特别的节日，如果收到朋友发自肺腑的祝贺、鼓励、关怀，或者是一些发自内心的话，不管是男是女，都一定会觉得心底亮起一片明媚的阳光。
也许我们认识的人很多，社交网站上也有很多朋友，甚至有人时刻关注我们的动态。且世界那么大，日子那么长，我们还将遇见许多新朋友。但无可否认的是，那么多同路人中，真心想了解我们、想跟我们共度以后的每一天、并挚诚地关心我们的人，来去不出数个。

庆幸的是，虽然我会为人情的凉薄而叹息，但我从不觉得悲哀，因为于我而言，人生得一知己足矣，何况今日我得的不止一人。

直到今日，我还是很感谢上帝，将这几个傻瓜牵引到我的身边，让他们跟我一起傻、一起笑、一起肉麻。无论我有时如何孤单失落，只要还有他们，我心里便踏实，甚至觉得什么难关都能跨过。

正因为他们，我更加坚信，我没有被这个冷漠的世界遗弃。

朋友，多谢你们。

可以简单，是一件幸福的事

儿时，
幸福是一件简单的事；
长大后，
可以简单，才是一件幸福的事。

在偶然的机会下，朋友将他的小千金，一个三岁的女娃，交给我照顾一会儿。

我心里懊恼，不知道要怎么哄她逗她。

怎料，这女娃掏出爸爸的手机，用小指头飞滑轻按，然后招手叫我靠近，让我看手机中的影片。她跟我一一介绍，说影片中的人物是谁是谁，然后自己傻傻地在笑。

我不知道她笑什么，但那表情当真可爱极了。

影片看完，我又担心起来，该如何继续哄她呢？没想到她竟然重复播放同一段影片，又在傻傻地笑，笑得跟刚才一样灿烂。

对她而言，快乐就是那么简单。

儿时有好长的一段时间，我都住在乡下。那时我爱爬上村里的一棵矮树，翻开卷缩而透着小孔的老叶，看叶中的小虫，一看就是半天。

还有一回，我在树上捕到一只蝉，然后我用绳子绑住它，再将它绑在一张椅子上。单是看它绕着椅脚来回飞、看那根绳子越卷越短，我已经觉得很兴奋（虽然后来我觉得自己很残忍）。

我还试过跟表弟偷偷剪掉邻家的渔网，拿了一片搁在狭溪间，捕捉溪中的鲮鱼苗，多有成就感！我的童年就是过得那么简朴而快乐。

然而，关于这段童年、关于如此简单的快乐，一切只能怀念。人越大，快乐也变得越复杂。

我在大学念的是教育系，第一回外出实习教学时，那些小学生都因为课业、小测、考试等被压榨得不苟言笑。一个不如意的测验成绩，足使他们忧愁许久。我试过私下安慰，还买了糖果鼓励他们，但他们一笑过后，又回归消沉。

最愉快的时光，那么早就被人生的沉重糟蹋了，那长大后的他们呢，又该如何自处？

像今日的我们，爱情、友情、亲情，一切都变得那么复杂、那么烦恼，幸福仿佛总是少于悲伤，甚至连幸福都掺杂着伤感，这是我们想要的生活吗?

这时，我才体会出一句话的深意——

"儿时，幸福是一件简单的事；长大后，可以简单，才是一件幸福的事。"

当你密友，我才放肆

当两个人心灵契合，

他们才够胆在对方面前率性地、

甚至任性地表现真我。

面对交情不深的人，我可以很客气，也很有耐性，但对着相熟的朋友，我反倒变得任性无礼，甚至可以说是肆无忌惮。

我如此表露真性情，是因为在我认可的朋友面前，我想做回真正的自己，不再弄虚作假，不再戴上面具，唯唯诺诺。

所以，假若我在你面前小心翼翼，假若我连一个小帮忙都向你郑重道谢，假若我不敢取笑你，假若我将繁文缛节套进我们的相处中，那大概意味着，我尚未将你视为密友。

昨天跟一位好朋友谈起这话题，她老实不客气地说，她有时真的很讨厌我那些没礼貌的表现。事实上，对着我的时候，她的脾气也像牛一般，所以我们经常惹得对方气冲冲的。

我问她："你生我气的时候，其实在想什么？"

她坦白地回答："我想过不再跟你做朋友了。"

我觉得有点诧异，虽然我们有时会吵得面红耳赤，但争吵的事情，大多都不过是一些琐事，应该不至于要绝交那么严重吧。

我笑着试探说："哈，可能我们的友情还是敌不过情绪的波动。"

她浅浅一笑，没有回答什么。

她这样的反应，就像默认一样，让我颇为难过。

我还以为在我们承认对方是好朋友的那一刻开始，便拥有一辈子的默契，但原来一件无聊的事，也随时可以成为我们决裂的导火线。

人与人能够相遇，少不了缘分；从相识到相知，少不了爱。然而，这份爱不是我们想建立便能建立的，这需要两个人心底的契合。当这样的契合出现，我们便够胆在对方面前率性地、甚至任性地表现自我。

在一生之中，能与我们有这种默契的人不多，正如我们的Facebook（网络社交工具）可以有千百位朋友，能交心的却只有那么几个人。因此，每一个能够交心的朋友，都是宝贵的恩典，都是我们人生中灿烂的星光。就算跟一些朋友因为现实的无奈而分离，我心里还是会惦记着他们（虽然他们可能永远都不会知道）。

不过，我很清楚，无论是友情，还是爱情，契合是两个人的事；而分开，却只需要一个人的决断。他，或者她，要离开，即使是因为一件小事，即使再难以理解，我们终究还是阻止不了。

大概，大部分的感情，都像玫瑰一样，曾经开得再绚丽夺目，终将会枯萎。

罢了，朋友，我给不了你幸福的感觉，也不想令你烦恼。

那么，日后，我们就以礼相待吧。

这，也是爱。

不用等时机

所谓的知己，就是分开再久，
彼此的感情都不会褪色的人。

"嗨！黑头。"我致电给他。

"哈，你相信吗？我刚刚也想找你，只是怕你在忙……
我又没什么特别的事想说……"他的话语带着惊喜，又带
点悔意。

他是我最亲密的朋友之一。由于他皮肤黝黑，我们都称
他"黑头"。

我们读中学的时候曾在学校篮球场上吵架，最后几乎
大打出手，幸亏其他同学拦阻，才没成事。后来我忘了是
为什么，也忘了是从什么时候开始，我们突然变得十分默

契。这叫不打不相识吧！

含冤受屈，我第一时间向他诉苦；孤单失意，我第一时间找他陪伴；在情路上遇到困惑，我第一时间想听他的意见。

总之，只要有特别的事情发生，我第一时间就会想到他。他就像我的军师。

同时，他也说过，有什么事，第一时间也会想起我。他还说，我是他失意时的"能量棒"，因为我的鼓励是他的强心针。

只是，离开中学后大家的路向不同，我们的学业都颇为繁重，除了碰上重要的事情，或适逢佳节，否则我们都不常找对方。

由于我是由专科转升大学的，加上读的是教育系，所以他比我早两年毕业。

毕业后，他成了会计师，我们相处、沟通的时间就更少了，更别说像以往一样闲聊琐事。但在许多个寂静的时刻，我还是会想念他，想念跟他耍白痴、耍无赖，说一些不经大脑的无聊事的时候。

可以找到一个让你展露最软弱的一面、彼此安然相对的知己，是万分难得的。

不过我相信，无论我们是否联系对方，我们都在彼此心里有一个很重要的位置。

所谓知己，就是分开再久，你和他之间的感情都不会褪色的人。

　　"你白痴吗？" 我骂他，同时也骂那个诸多顾虑的自己，"找我，还用等什么时机吗？"

爱护那个特别好欺负的人

每个愿为博君一笑而当小丑的人，
也藏着一颗单纯而脆弱的玻璃心，
需要我们的慰藉。

我有一个特别好欺负的朋友，他叫Richard（理查德）。

每逢老朋友相聚，我们都爱拿他开玩笑。但也不能怪我们啊，只怪他行事冒失，实在太引人发笑了。

比如，有一次我们在打麻将，轮到他的时候，他突然喊"Pass（过）!"我们可不是在玩UNO（一种桌游）牌啊！

还有一次，我们结伴到元朗大棠赏红叶，途经一段山路，他瞥见路牌，突然自作聪明地大喊："这里便是'车夫仔'了！"其实那是"田夫仔"才对，他一时眼花把"田"错看成了"车"。

我们嘲笑说，他才是车夫。

他的女朋友敏妤在一旁看着，笑得开怀，但还是拉了他的衣袖一把，示意他别再失礼，让人贻笑大方。

大约是在两年前，Richard开始和敏妤恋爱。

他和敏妤都是读法律专业的，大概因为这样，他们才特别投契吧。但说实在的，我们一开始并不看好他们。

当他初次把敏妤的照片给我们看时，我们都惊讶羡慕不已，因为从外表来看，她既温文尔雅又精明能干，堪称女神级；而Richard，无论怎么看，都是一个笨蛋，特别是当他开口说话的时候。

这样的两个人，怎会匹配？

多虑的我，还曾经害怕Richard会被欺负得死去活来。

记得有一次我们一起吃火锅，Richard只是任劳任怨地点菜，帮敏妤夹菜，最后自己都没吃饱，便急着护送赶时间的敏妤离去，后来还要被骂啰唆、手脚慢。

我当时真替他难过。

然而，我错了。

感情的事，许多时候其实就是一件"一个愿打，一个愿挨"的事。世间多少对情侣，就是在打打骂骂间擦出火花，然后笑着骂着，不知不觉就一生一世了。

所以，现在我会说，他们简直是绝配，就像郭靖跟黄蓉一样。

　　试问有哪一次黄蓉不是"靖哥哥"前"靖哥哥"后地使唤郭靖？但在金庸笔下，就数这对情侣的爱情最为完美，倪匡甚至褒之为"正格"爱情，即爱情的典范。

　　Richard有次跟我说："可以跟她互相爱护，就算偶尔被她骂两句，甚至打两拳，也都是我的福气。"

　　再听他这样说，我的忧虑更显多余。

　　每次看见他们打情骂俏，当真羡煞旁人。

　　你也拥有一个特别好欺负的朋友或情人吗？

　　他总是愿意吃亏，不是因为他软弱，而是因为他太爱你、太重视你了。

　　遇上这样的一个他，玩笑可以、戏弄可以、打趣式的欺负也可以，但绝对侮辱不得、糟蹋不得、欺凌不得。

　　要时刻记得，他特别好欺负，只是因为他特别爱护你。

　　而且，也请好好爱护他，因为每一个愿为博君一笑而甘当小丑的人，其实也藏着一颗单纯而脆弱的玻璃心，他们也很需要所爱的人的关心爱护。不要因为笑惯骂惯，就忘记了如何关爱他们。

我懂你的雨天

人世间最大的安慰，

莫过于找到一个无论何时何事，

都懂得自己的人。

身边有一个朋友，锲而不舍地追求一个女孩。几年来被拒绝了十数回，他却仍然不放弃。每次看见他沮丧，我都替他难过；每次看见他不知怎地又一往无前，我也说他傻。几乎所有朋友都建议他放手，但他坚持。

最近，他再一次被拒绝了。

我已经听腻了这样的消息，他一告诉我，我只是敷衍地应道："算了吧。"

他失望地反问："真的连你都不懂我吗？"

被他这样一问，我甚为愧疚，但作为朋友，我又不想他沉溺于一段没有结果的感情，我真想劝他放手。

只是没想到，我最后还是说："我怎会不懂呢？我也这样疯狂过。加油，无论你怎么决定，我都支持你。"

我这样说完，心里又有点罪恶感，生怕自己一时的心软，再一次将他推入那个爱情陷阱。

没想到，他竟回答我说："多谢你。放不放弃我再认真考虑吧，但有你这么一个supportive（给予支持和帮助）的朋友，我真的感到很安慰。"

他说完后，我心底的愧疚感马上烟消云散，取而代之的，是一份淳厚的暖意。

我忽然明白，他需要的本就不是任何建议，他只是希望在他倾诉时，你能回应他一份安慰。你的一句"我懂"对他来说，才是最珍贵的礼物。

原来，人世间最大的安慰，莫过于找到一个懂得自己的人。

无论你我做的决定有多糟糕，他还是支持你我、陪伴你我，体谅你我的每一个雨天，明白你我的用心良苦。

没有姓名的见证人

大概身边每一个人的出现，

都带着那么一个可爱的原因。

你没发现吗？就算有一些人，巧合地跟你做过几年同班同学，或是在工作上一直跟你合作，或者你们从前总是偶然碰上，但从头到尾，他们带给你的都只是平淡的感觉，你们之间始终没有一点深刻的情愫。一朝分离，你们便形同陌路。

偶尔的团体聚会，你们其中一方总是缺席。若干年后，你们在街上碰见，都不太认得对方——认出了，也想回避；相认了，也顶多礼貌地寒暄两句，然后各走各的路，再不相往来。

你未必会承认，但事实是，即使对方去世了，你也未必会出席他们的葬礼，见他们最后一面。

奇妙的是，你们形同陌路，却并非真正的陌路。

总有那么一个瞬间，你会莫名其妙地想起他们。或许只是想起一些鸡毛蒜皮的事情，但你却突然觉得怀念万分。你怀念的，不是那些人，而是你和那些人编织的回忆。即使你已经忘记他们的姓名、忘记他们的性情、忘记他们的相貌，但印象中的他们，也会神奇地为你缺失的回忆，补上一点色彩。

而且，他们，好像我们的故事的见证人，总觉得回忆里有他们，回忆才显得真实，就像一部电影，总得有些跑龙套的人物才更圆满。

所以，我想，大概身边每一个人的出现，都有着上帝精心的策划，他们的出现，总带着那么一个可爱的原因。

没有一份爱是理所当然的

这世上，没有谁必须对我们好。

只有真正爱你的人，

才会不顾一切地照顾你。

有一晚，一位好友对我说："我不是那种会将别人的好当成理所当然的人。所以，我一直很珍惜，也很感谢你的关爱。"

那一刻，我感受到一股暖流在心里打转，眼泪情不自禁夺眶而出。

我将这段话完整地抄录下来，一当纪念，以此印证我们的友谊；二当警醒，要时常感谢身边每一个爱我的人。

人是一种矛盾的生物。

此刻，若问你，你觉得父母、爱人、朋友对你的爱护，是理所当然的吗？我相信大部分人的答案都是否定的。但是事实上，在行为上，我们却经常伤害他们，甚至甚少想及感恩图报。大概当一种情感成了习惯，人便会变得麻木。就像博物馆的护卫，任职初期还会对馆内的珍品罕物感到好奇，但后来看腻了，好奇感也就渐渐消退了。

曾听过一段大意如下的话："我们能原谅一些经常伤害自己的人，却会埋怨偶尔犯一次错的人；我们会因为陌生人的一句夸赏（即使你知道他们不过是在奉承你）而振奋不已，却会对向我们说诚实话（但一直关爱我们）的挚友发怒；我们会感激一个突然请我们吃一顿饭的陌生人，却冷落和怨骂那两个愿意用生命对我们好的人。"

请不要再将别人的好，当成是理所当然的。这世界上，没有谁必须对我们好。只有真正爱你的人，才会不计较你的臭脾气，不顾一切地照顾你。

如此，你为何还要轻视他们的爱？为何还要怨骂那些为你泪流满脸的人，却反而讨好那些工于心计的人？

记住，那些爱你的人，其实也在渴望着、期待着你的爱。

妈，您又骗我了

母爱总是温柔微细地渗入内心，
然后在心底留下巨大的烙印。

我妈总是喜欢骗我。

比方说，老爸癌症发作的那段时间，饭菜还没有煮好，
她就会大喊"吃饭啦"，叫我们去餐厅等。以往我、哥哥
和爸爸等得发闷，就会看着电视谈生活、说时事。后来我
和哥觉得这种等待很浪费时间，就干脆在妈妈喊吃饭后，
过一阵子才走出房间。可是老爸离开后，我和哥哥才发
现，那段和爸爸等开饭的时间，是那么弥足珍贵。

爸爸走后，我几次偷偷看到妈妈缩在床上抽泣。她却骗

我们说，她没有太难过，叫我们也不要难过了，还说爸爸
也不喜欢哭哭啼啼的。

那时我年纪小，不懂安慰她，只想多陪伴她，她却笑着
说我们碍事，催我们回房间温书写课业。我和哥哥还真的
相信了，当时哪知道她只是不想耽误我们的学业。

妈，您又骗我了。

上了大学，回校的车程太长，我决定住宿舍。没用的我
才隔了三天就思家成病，打电话回家寻安慰。妈妈笑我傻
瓜，还说我走了以后，家里清静多了，家务也做少一点，
她乐得自由，叫我不用担心。我不小了，知道这是安慰
话，但没有拆穿她的谎言。但自那天起，每逢午饭时间，
她都会打电话给我，其实也没什么重要的事情，聊的也都
是琐事。嗯，我就知道——

妈，您再一次骗我了。

后来，家里的经济状况出了问题，一直是全职太太的
妈妈，硬着头皮出来找工作。我和哥哥都劝她不必劳累，
我们节俭一点就好，而且哥哥都毕业了，成了测量师，收
入不错，情况慢慢就会好转。但她说自己在家里很无聊，
不工作不舒服，之后就一直疲于奔命，连假期也不怎么休
息，为的就是让我们穿得更光鲜、吃得更可口。

妈，我就知道，您还是骗我了。

这，就是母爱，它总是温柔微细地渗入内心，然后在心底留下巨大的烙印。

　　妈，谢谢您的瞒骗。

CHAPTER 03
第三章

暂且，告一段落

许多人都在等待的过程中发现——
我们不是在等待一个人回心转意，
而是在等待，
自己能毅然放手的那一瞬间。

我已经习惯了有你的日子

其实与你分离，也没有什么的，

反正，习惯就好。

只不过，从今以后，

我需要习惯的，是失去你的日子而已。

我曾经听过一位牧师在讲台证道时，分享了他与妻子生活上的趣事。

他说跟妻子初婚时的夜间，他们心里虽然都很雀跃——毕竟终于能够建立一个属于他们二人的家，但睡在一起，肉体总觉得郁热，床也觉狭小起来。

到了夏天，即使开了冷气也觉得难受。好几次，牧师还想过要到沙发去睡，以求舒服。他说，当然，他不敢。

我们一哄而笑。

但过了十年，他说："我已经习惯了跟老婆睡在一起。睡觉的时候，老婆喜欢用脚搭着我的脚，我以往会踢开她的脚，反过来搭着她的脚，但当然，现在女权很强，我很快就屈服了（大家笑）。后来，有一次她去旅行，我一个人睡，那时我才发现，没有她的脚搭着，我反而睡不着。"

在澳洲东南岸的塔斯曼海上，有一座看起来像金字塔的火山岩小岛，称为波尔斯金字塔（Ball's Pyramid）。这座小岛非常陡峭，食物短缺，一般动物无法在岛上存活。神奇的是，2001年，一群昆虫学家前往考察时，竟然发现了自1920年起被普遍认定为已经绝了种的豪勋爵岛竹节虫——亦称树龙虾，仍在岛上繁衍生息。

经过昆虫学家的观察，树龙虾夫妇是相当恩爱的，它们会成双成对地厮守至死。还有一点与其他昆虫不同的是，夜间，雄性树龙虾会用自己的三条腿将雌性拥入怀中，保护伴侣。这样的习性听起来很匪夷所思，但当我想到上文提及的牧师夫妇，便马上觉得十分温馨浪漫。

前三个月，外婆来我们家住，辛劳了大半辈子，她已经习惯了操劳。她总是劳心劳力地替我们整理衣物，不厌其烦地叫我们吃饭。每逢九点半，她也会唤我出去看电视剧《武媚娘传奇》。

由于她并不了解我们摆放衣物的习惯，她越是整理，我们便越觉乱七八糟。加上她叫我们吃饭，唤我看电视，真像是一个时刻按不停的闹钟。如此种种加起来，说实在的，很多时候都让我们觉得烦躁。

我劝她少操劳点，好好享受清福，她却觉得我们嫌弃她，躲起来哭，这倒让我们觉得自己不孝了，之后唯有随她喜好去办。

后来，外婆回乡了，衣物的堆叠渐渐恢复原样，也没有人再催我们吃饭、看电视。

某一晚，我自己在大厅看电视，没有了外婆的呼唤，没有了她唠唠叨叨的评论，我反而看得不太自在，越看越觉得乏味无比。再看见那堆相应地"乱"起来的衣物，我竟然像外婆一样，不自觉地将那些衣物重新整理了一遍。

你看，有些人的行为，起初对我们而言也许并不讨好，但当我们习惯了跟他们在一起，那些行为，反而会成了联系彼此的元素。一旦缺少了，生活也少了一种熟悉感，让人觉得孤寂难耐。

但是，有时候，生活就是这样，习惯就好。

只不过，从今以后，我们需要习惯的，是失去他们的日子而已。

带着微笑，转身

人生有一种确切的幸福——
就算所有人都离开了你，
你还是可以稳妥地拥有自己。

张小娴在《谢谢你离开我》中写道："离开，原本就是爱情与人生的常态。那些痛苦增加了你生命的厚度，有一天，当你也可以微笑地转身，你就会知道，你已经不一样了！"

这段话感动过千万人，今日再看，我也觉得暖心。但当我们害怕的离别到来，能够微笑着转身的，终究是少数人。

人生是一个离离合合的过程。

我们可能跟不同的人聚散，也可能一直跟同一个人离合，无论如何，我们总能发现，人与人之间，只要碰过面，就必定会分离，这是一种自然规律。

有些离别，会让人痛心疾首；

有些离别，能让人豁然开朗；

还有一些离别，会让我们的人生变得格外沉重。

八岁那年，我第一次背井离乡，移居到香港。从父亲抱我上车那时起，我便知道自己会远离那片孕育我的土地。也许有天我会回去，但我和它之间的生活关系已经中断。只是那时我还没意识到，这样一走，我同时也离开了儿时的玩伴，直到今天想起来，依然觉得是在梦里。

那时的我太单纯了，还以为人与人之间，只要曾经相聚过，便能永远"回头见"。

数载后回到乡下，那些玩伴已经四散，有的去了海外生活，有的去其他城市谋生，他们就像飞散的蒲公英种子，在不同的角落落地、生根。那一刻，我才浅尝离开的沉重。

还有一种离开，叫死亡。

十四岁那年，祖母去世。我尾随父亲绕着灵柩转了一圈，看到祖母的脸孔依然那么安详。祖母生前很疼爱我，但此刻我还未能体会到死亡的意味，望着她的遗体，我心里似乎很平静。

印象中，哈的一声，父亲忽而笑了。我抬头望他，他明明在哭满眼泪水，却硬要在脸上挤出笑容。那时，我对父亲的反应感到诧异。

死亡，没有为我带来太大的冲击。

十六岁那年，母亲在医院致电回家，说父亲快不行了，让我们立即赶去。

一路上，我的心告诉自己，没什么大不了的，也许只是一场短暂的分别而已。

但是，当我站在父亲躺着的病床前，当我亲眼目睹他的呼吸渐弱、他的脉搏渐息、他的面容渐渐僵硬，当我感受到他厚实的手心不再温暖——我奇怪地想过要笑出来，好让父亲不再担心我们，灵魂安心离去，但我完全挤不出一丝笑容——我哇的一声痛哭起来。

后来，当我绕着父亲的灵柩转了一圈，死亡，像一把对准我额头的手枪，在它面前，我只能投降，然后战栗地哭泣。

这样的离开，不只沉重，更让人觉得撕心裂肺。

失去至亲，让我学会了珍惜眼前人。但有些温度，即使握得再紧，也无法留住。

父亲去世后，我最心爱的女孩也离开了。

这离开不是死亡，却也足以让我用"悼念"这个词来记下这段感情。

记得那是我第一次心如鹿撞，第一次被一双眼睛融化，第一次被一个笑容掳走。在草地上，也试过在沙滩上，我们曾彼此许下过天长地久的承诺。

　　我就这样紧握她的手，握着握着，她最后还是化成了一粒沙从我手中溜走。

　　她曾经说，偶尔会想念我。我也想她，我还记得她手心的温度，但我对她的情愫，只是一种怀念，或者说，是一种悼念。每当我想起这个词，我会同时想起父亲在灵柩前的那个笑容，悲哀而内敛。从那一刻开始，我竟然将一个人的离开，跟一个人的死亡混为一谈了。

　　张小娴还说："爱情终究是一种缘分，经营不来。我们唯一可以经营的，只有自己。"

　　其实，除了爱情，其他的感情也并非你想经营，便能经营。这似乎很悲哀，但同时，人生还有一种确切的幸福存在——就算所有人都离开了你，你还是可以稳妥地拥有自己。而且，经验也告诉我，经营好自己，我便能承受一切的分离。

　　如今回想，也许当天，父亲也在极大的伤痛中找到了一个突如其来的安慰——

　　人生，本就是一个离离合合的过程。

　　或许，在伤痛中，带着微笑的转身，不单是一种对自己的释放，也是对离去者的一丝温柔。

我们只是两颗偶然遇上的星星

有些人的缘分，

如同两颗陌生的星星，

转了几万年才互相靠近，

但转眼便要分离。

这世上有种关系介乎友情和爱情之间——

你们是朋友，但比朋友多一点情意；

你们的关系不太自然，但能融洽相处；

你曾发现自己喜欢他，但却未曾在他身上感受过热切的

心动；

跟对方分开，你们会思念，虽然你们都清楚，却又从

不敢承认。距离情侣关系，你们似乎只欠勇敢的一小步，

但你不会前行，甚至会逃避。你只想维持现在这样，并常催眠自己：我不喜欢他，他不喜欢我，我们只是纯粹的朋友。

有人称这种关系为"友达以上，恋人未满"，就像台湾偶像剧《我可能不会爱你》中李大仁和程又青那样。

但最可惜的是在这种关系里，你俩都深知，你们最多只能当知己，永远无法攀上恋人的阶梯。因为你们之间，仿佛隔着一道无法跨越的鸿沟。

这样的感情，仿佛是上帝的恶作剧，而你却无从反抗。你想过一刀两断，但隔了些日子，你还是发现欲断难断，即使是痛，你还是想见证他的人生。

我身边也有一对类似的朋友。

他叫阿森，她叫芷莹。

阿森是学校里的学术精英，但样貌十分普通；芷莹是出名的学霸，至于外貌嘛，也是蛮普通的。

中学时期，他们老是黏在一起，吵吵闹闹，不时互相挖苦。每当阿森戏弄芷莹，拿她开玩笑，芷莹都会毫不留情地揍他一拳。有一次，芷莹失足滑倒了，阿森见她没什么大碍，就一手指着她，一手捧腹大笑，几乎笑到抽筋。芷莹整张脸都涨红了，一爬起来就冲阿森又骂又打。

在我们眼里，他们根本是一对欢喜冤家。

几年过去了，他们的关系依然很好，可惜，他们最终却没有成为情侣。

　　我问过他们原因，但他们都回避了我的问题。我猜，他们是害怕，害怕一旦疯恋对方，万一以后不能在一起，反而会糟蹋了彼此之间如此深厚的情谊。

　　大学毕业后，阿森到国外继续进修，听说他后来跟一个法国女生谈恋爱了；芷莹则在香港发展，毕业后做了中文老师，后来找了个律师男朋友。他们偶尔也会联络，但全然不是以往那回事了。

　　人就是这样，寻找幸福时会万分期待，但面对幸福，却又慌张失措，不懂拿捏。

失恋后遗症

有些思念是没有意义的，
只会让人在感情的路上
裹足不前。

友人C失恋了，这是我听另一位朋友说的。我生怕触碰到C心底的痛，暂且不敢慰问。没想到，恰巧在街上碰见她，她竟然笑得比我更开怀。我以为她是在装开心，因为那些失恋后在人前笑得特别开心的人，背地里总是特别忧伤。但是，没想到她竟然主动说自己分手了。

我问她有没有很伤心，她说没有，反而像得到解脱一样，轻松宽慰多了。

这样的洒脱，我一直学不会。

我打心底发出赞叹："我真羡慕你能这样。"

她突然问我："你有听过台湾吕捷老师的课吗？"

我狐疑。

她便说起吕老师的精妙比喻——

"热恋好比是一只龙虾，好吃、爽，但失恋以后，它便是消化后的一坨屎。我们不应该因为这坨屎是由龙虾消化而成，就留着它，因为那已经不是龙虾了，得冲走它。"

我听后先是一笑，然后便拍手叫好。这段话也安慰了我这个将回忆看得太重的人。

刚失恋的人，其实会患上短暂的失忆症。他们会突然忘记彼此之间的不和、忘记对方的缺点，接着被失恋所带来的伤心催动，自怜自伤。再然后热恋期的回忆，会莫名地深刻起来，驱使他们反复追念往昔之情，甚至幻想破镜重圆，重拾今日的一坨屎。

其实，这样强烈的思念是没有意义的，甚至会让人在感情的路上裹足不前。因为这段关系已如同发霉的面包，食后不仅无法填饱肚子，反而会造成伤害。

正如吕老师所言，既然它已经成了一坨屎，就不要再为之伤怀。

对望，许是我们最大的缘分

有些感情得来不易，

但是当我们想握紧它时，

却总是不小心捏碎了它。

某天下班时间，在港铁九龙塘站月台，我看见了她。四下人潮汹涌，就算如何挤，我也挤不到她身旁。我只能落寞地看着她消失。

中学时，我们是很要好的朋友，一起吃午饭、一起逛街、互相聊心事，别人都以为我们是情侣。但我们从未深究，我们很珍视这段情谊。

可是后来，莫名其妙地，她开始疏远我，甚至带着敌意。我问过她原因，但她气在心头，只答了一句"你心知肚明"。之后，我又试图跟她沟通，但她极其冷漠，以至后来我再不敢找她。

有些感情得来不易，但是当我们想握紧它时，却总是不小心将它捏碎。

大学毕业后，我在一家星巴克碰见过她。我鼓起勇气跟她问好，她有点讶异，只"嗯"了一声。

我以为时间已经冲淡她对我的敌意，但似乎没有，时间只冲淡了我们的感情。然后，我怒火攻心，一屁股坐在她旁边，追问她究竟为什么憎恨我。

她终于解释了。

原来那年，有人说我利用了她的信任，拿她当追求另一个女生的工具。她说得煞有介事，还冷笑了几声。她说她那时是喜欢我的，所以才讨厌被我利用。不管怎样，她最后说已经原谅了我。

我想解释，我也想说，我那时也爱过她。但看着她冷漠而带点鄙夷的眼神，我知道她不会相信我，就像当年一样。那一刻我在想，当天别人口中的我，应该伤得她很重。

昨晚重遇她，我想过喊她的名字。我特别怀念大喊对方全名的那段时光。她不是唯一喊我全名的人，但她是当时唯一喊得那么亲切、那么自然、那么情深的人。可是，列车到站，涌出的人浪转瞬淹没了她，而我则被压在月台上。再一次，我们分离。

人长大了，被社会的巨轮碾压，很多的情感都越压越实、越压越畸形。老实说，别说要喊全名了，我连一声问安也吐不出口。以后偶遇，可以相视对望，发现对方，许是我们最大的缘分。

其实他没变

当热恋的感觉平息，

冷静地面向对方，

你们意识上是认识多了，

但实际上却陌生多了。

"他变了。"她哭诉说，"以往他每晚都会打电话跟我说晚安，他每天都会关心我的生活点滴，每个纪念日他都记得清清楚楚，每次约会他都会比我早到，跟我外出他都不会偷瞄女生……现在，他直接跟我说别的女生身材好……"

我心想，这也太正常了吧。但我先回应她："什么？他也太离谱了吧！"

她应道："就是！"

然后我再问："那么，你们谈恋爱之前，他是一个怎样的人？"

她哑口无言。

我不会笑她，因为情到浓时，能包容对方的一切缺失。对方以往是一个怎样的人，管他呢，重要的是，他的过去所造就的现在的他，即眼前那个值得爱惜的他。但有这种觉悟的人不多，说句妄断的话，我们大多只是盲目罢了。

我更不想说人是虚伪的，特别是热恋中的情侣。但人在热恋中，确实会做出许多超乎自己所想，甚至有违自己脾性的事情。正如孔雀在求偶时会翘尾开屏，显得自信满满，但实际上，它们是胆小鬼，受惊时只懂开屏扰敌，伺机逃走。如果你还未爱到失去理智，当反思那个热恋中的自己，你也许会质疑："这是我吗？"所以，你同时应该问："那是真实的他吗？"

但大部分的人都没想那么多，大概年轻，爱总是任性。

而当热恋的感觉平息，冷静地面对对方，你们意识上是认识多了，但实际上却陌生多了。因为热恋过后，你们才开始深入地认识对方，认真地探索你们"继续在一起"的可行性。在这个阶段，你们的热恋症状不再，二人的生活趋于平淡，恋爱前的生活习惯和固有的脾性再次涌现，你们之间便会产生一种疏离感、一种陌生感。偏偏，这才是真真实实的你，那才是彻彻底底的他。

　　当然，你仍然可以怪责对方"变了"，毕竟行为上他跟你所期待、所爱慕、所习惯的他不同了。但我会说，其实这是他本来的样子，他没变，你只是认识了更真实的他而已。

当爱成了习惯

人不是因为讨厌习惯而不爱，
而是因为不爱而讨厌习惯。

孤单、失落、伤心，也许习惯就好。但是，当爱情成了
一种习惯，感觉上就不是一件好事了。

半年前，我的朋友失恋了。

他们相恋两年多，在那段时光里，他一直很爱她。他亦
确信，她同样深爱过他。他们有一个不成文的约定，就是
每晚睡觉前，都会打电话跟对方说"我爱你"。

分手后，他们都费了很大的劲，才习惯夜里耳畔的
静寂。

最近，他们单独会了一次面。

出于好奇，他问了一个一直烦扰着他的问题："那时，你为什么提出分手？"就像是赛后检讨一样。

她却没有忌讳，坦白地说，其实从分手前的半年起，她已经不爱他了。她仍然跟他牵手、跟他拥抱、跟他接吻、跟他漫步沙滩、跟他四处做傻事、跟他说"我爱你"……一切都不过是出于习惯。因为习惯，她后来发觉爱得太过麻木、太过乏味。

这"习惯"二字，不说还好，说出来，他简直心如刀割。

也许，爱情跟球赛不同，是不应有赛后检讨的。他跟我说的时候，看着他眼泛泪光，我气愤之余，心里也很难过。

他还说自己当年制造的所有浪漫，都是负累，他当年所有的情意，都是他最爱的人的压力，而他竟然一直懵然不知。他越说，浑身发抖得越厉害。

当爱情成了一种习惯，似乎许多情愫都会烟消云散。

但是，几经细想后，我觉得"习惯"只不过是一个借口。真正的理由是，她根本不爱他了。如果爱的话，习惯可以是一种真实，可以是一种写意，可以是一种缠绵的甜蜜。

而且，外国一项研究指出，要养成习惯，只需要二十几天，所以爱一个人成为了一种习惯，根本再正常不过。

　　说到底，她不是因为讨厌习惯而不爱，她是因为不爱而讨厌习惯。

已读不回，也是一种回复

无论我们付出多少，

无论我们的爱多深厚，

无论我们多渴望被某个人深爱，

我们也无法强迫一个人，

对自己付出同样的爱。

早前新闻报道，一名女大学生只要发出信息后没有得到实时回复，便会急躁气愤，她还试过一小时内追加三十条信息强迫男友响应，最后逼得男友精神衰弱，求助精神科医生。

事实上有精神问题的，不是她的男友，而是那个女孩，她患上了"已读不回征候群"。

现在，患上这种病的人似乎越来越多，时刻盯着手机留意新信息的人数也随之上升。趁此趋势，网络商店相继推出隐藏"已读"标识的程序，让用户窥视消息，却不必急于回复。人与人之间的信息攻防战，就此展开。

你不觉得吗，我们都太过焦虑了。

我说"我们"，是因为我也曾经深受其害。

我曾喜欢过一个不爱回信息的女孩。

她一忙，基本上就像忘了我一样。每次发消息给她，我都在期待她的回复，看见"已读"，就一直在心里数着时间。前几分钟觉得她可能正在编辑消息，第十分钟觉得她可能在忙，一小时后没得到回复，就会安慰自己，她可能真的太忙，四小时后便开始失望了。但是之后，我还是等着她上线，看着她下线，不停地检查有没有错过她的回复。

你看，我也曾经病重。但我后来发现，这样子无止境地焦躁，只会糟蹋我的生活，并且徒增意中人的压力。而且我也渐渐明白，其实"已读不回"，本身也是一种回复。这样的回复大致有四个意思：一，对方忙得不可开交；二，对方想晚点回，却又忘了；三，对方觉得根本不需要回复；四，对方不知道要回些什么，干脆不回。

对于第一点，如果你清楚知道对方在忙，那你就应该放轻松，别老催逼他。比起你的唠叨，他更需要你的体谅、你的默然等候、你的信任。

但可怜的大多数是，许多"信息候复者"所得到的"回复"，往往都是二、三、四。

一般而言，这样的"回复"，代表着对方根本没那么关心你、没那么在意你，或者，你在对方心中已经是一个烦恼的来源。

友情、爱情从来不是一种交易，多数情况下，你付出的，跟你收获的，并不那么成比例。无论我们付出多少、无论我们的爱多么强烈、无论我们多渴望被某个人深爱，我们也无法强迫一个人对自己付出同样的爱。

这不是一个悲剧，这只是一种现实。诚如张爱玲所言，爱情并不复杂，来去只有三个字，不是"我爱你"，便是"对不起"。只是无奈地，他对你的响应是"对不起"而已。

面对"已读不回"和安装那些隐藏"已读"标识的程序的人，我们未必要放弃这段情，但我们一定要懂得把紧握的拳头放松，给对方一点空间，同时也给自己一点空间。相比有如自残一般的等待与精神虐待一般的追问，我们更应该接受现实。

如果对方执意冷落你，那么，就不要勉强了。坦然放手，是最好的选择。

谨记，你配得上一个更爱你的人。

他只是不爱你

你只需要扬起一个潇洒的手势，
在一条宽阔的路上跟他道别，
如此便好。

爱与被爱，是每个人都在追求的事情。

爱，是我们的权利，能够稳妥安然地爱着一个人，能够找到一个值得你爱下去的人，着实是一件珍贵的事。然而，是否被人爱着，就不是我们所能掌控的了。有时候，无论我们多努力、多有耐性，他不爱你，就是不爱。

张小娴说："一个人最大的缺点，不是自私、多情、野蛮、任性，而是偏执地爱一个不爱自己的人。"

执意去爱一个不爱自己的人，其实跟慢性中毒没什么分别，且这种毒只会越来越深。

大概你也试过——

闲时发简讯给他，说一堆关于你的事情，或者问候他的近况；

假日里乱扯个借口约他，甚至为他预备一份充满心意的小礼物；

偶尔在他时常出没的地方等他，甚至为了他，舍弃了几段难得碰上的缘分。

他呢？始终宛若一座冰山——

他回给你的信息往往简洁到不能再简洁；

假期他总是说很忙碌；

他从不会为你准备礼物；

碰到你，他从未欢呼雀跃，只觉得尴尬。

或许，你早已察觉，但你却无法放手。

一来，是他偶有融化的迹象——并不是因为他爱上你了，只是有时他也有被爱的渴望，你成了他的爱情"备胎"；

二来，你害怕自己离开了他以后，会因为没有得到这段感情而变得更加不甘心，更加纠结痛苦。

时间就这样流逝。而他心中对你的定位，依然只是朋友，或者只是一个特殊的朋友。

你听说过吗？没有遇见爱情之前，我们都是单翼的天使，只有遇上对的翅膀，才能优雅地展翅飞翔。

由此可见，陷入偏执的爱情就如将自己困在狭窄的井内，从此只能看见一小块天空。

至于那个不爱你的人，也许学会放手，才是最好的选择。你未必能够衷心地祝福他，但也不必怨他恼恨他，你只需要扬起一个潇洒的手势，在一条宽阔的路上跟他道别，如此便好。

告一段落

如果人生真像一部戏，

那么我猜，

我们应该会有重聚的一幕吧？

"我们的故事，就此告一段落了。"当天我说，模仿着肥皂剧的腔调，虽然不太自然。

"好的。"那时她答，像一朵静默的夜香木兰。

我们连再见都忘了说，一声答允，便各自远离了对方的生活。我们没有勉强做朋友，因为这样只会纠缠不清，双方都更难放手。

人生是一个聚聚散散的过程，你在我的生命中停留过，我又在你的生命中游荡过，但我们终将分离。就算我们之间曾有着密不可分的情感，在某个凛冽的冬天袭来之时，这段感情依然会结霜，然后，在阳光再来的时候，我们往昔的一切便会被一段新的情感溶解、蒸发，继而飘往一座被遗忘的岛屿。

有人说，既知人事难测，更当珍惜当下的身边人，到别离之际，我们也就没那么内疚。我也认同。如果我们糟蹋了一段爱情，在我们心底萦回的是无限的悔疚；相反，如果我们曾经珍惜过，即使是思念和痛，也都带着一种温存，存留追忆的价值。

但矛盾的是，有时我们越珍惜、越紧张，失去时就越难过，就好像把雪球滚得太大，最终压伤自己一样。

分离，是我们感情的结果。我不清楚她是否不舍，不清楚我们从此相距多远，不清楚思念可以有多沉重，不清楚上帝会否再次将我们拉近。我只清楚，我爱过。大概，她也是吧。

不过，我还是感激上帝，让我们在人海中遇上过。如果人生真像一部戏，而我们的相遇，在冥冥中有一个编剧安排，那么我猜，我们应该会有重聚的一幕吧？就算到时只能重新成为朋友，我也期待那天的到来。

在这花开静好的时刻，我们就此告一段落吧。

朋友，我 "Unfriend" 你了

Facebook最多只能留住人脉，
不能留住关系。
"Unfriend（删除好友）" 没什么大不了，
反正你不缺我，我不缺你。

村上春树说："没有什么人喜欢孤独的，只是不勉强交朋友而已，因为就算那样做也只有失望而已。"

我的Facebook有五百多朋友，因为我以前总是来者不拒。现在，我真的挺懊恼，因为每隔一段时间，我就想移除一堆我根本不认识的"朋友"。

其实，我的朋友人数并不算夸张，除了那些名人明星外，我见过几个友人的Facebook都有上千个朋友。

不过，最近友人L的朋友人数却一直在减少。

他说："老实说，一千多人当中，两百多个是素未谋面的学弟学妹、网友、不明人士；六百多个是旧同学、以往搞活动认识的人和点头之交；剩下的是一些旧朋友，但基本没什么联络了……"

"那，能交心的有多少呢？"我大胆地问。

"只有四个。"

我并没有对他的答案感到吃惊，因为我也只有三个而已。

"那人数呢？"我再问，"为何一直减少呢？"

"我删了呀。"他回答，"之前一直想删了，就是没那个决心。"

"为何要删？"

"看着觉得烦厌就想删了。"他漠然应道。

这答案让我感到安慰，因为至少他没有删去我。不过同时我又猜想，或许他只是尚未删到我，毕竟，我们就是属于那些没什么联络的旧朋友。但他不知道的是，我一直都有留意他Facebook的动态更新，只是我不习惯随便"赞好"而已。

有时看着Facebook的动态更新，我会想起一些人、一些事情，我甚至试过联络他们，但"Hi"完、问完近况，我就找不到话题了。可叹的是，他们大部分也不会找新话题，这让我觉得再多说一句话，便是骚扰他们多一回。

这种感觉很让人讨厌，我渐渐也就没怎么联系这些朋友了，反正所谓的"旧朋友"，分离的时间太久，都不太像朋友了。后来跟他们唯一的交流，就是偶尔互相"赞好"，你来我往，当成彼此回礼一样。

事实上，我们的生活根本容不下太多的"公开的私隐"。每次打开Facebook，接踵而至的更新总使我目眩，而且要一直留意"旧朋友"的动向，其实真的很费时间和心力，难怪友人L会"看着觉得烦厌"。

但是，我相信有不少人跟我一样，只敢选择"Unfollow（取消关注）"或者偷偷封锁掉一些朋友，因为这样才不怕对方发现自己"Unfriend"了他。不过，根据友人L的经验，移除了那些朋友后，他们都跟没发觉一样，甚至发现了也无动于衷。

此时此刻，我也学会善用"Unfriend"功能了。我开始明白，Facebook最多只能留住人脉，却不能留住关系。能留住关系的，永远是两颗赤诚相对而又互相爱惜的心。

朋友，如果你发现我"Unfriend"了你，不必讶异，反正你不缺我，我不缺你，或者有天有缘相聚，真的"相识"了，我们再正式"Add Friend（添加好友）"也未为晚矣。

输不起的备胎心态

在暧昧期建立的，

应该是信任和了解，

而不是怀疑和嫉妒。

如果你选择爱她，请相信她。

在爱情萌芽之前，男生总是急进，女生总是犹豫。

坚韧的爱情，应该建立在牢固的感情之上，正如茁壮
成长的树，总是根深叶茂的。在恋爱之前的攻防战，即暧
昧期，我们建立的，应该是信任和了解，而不是怀疑和嫉
妒。没有信任，爱情终将枯萎；没有理性的认知，爱情终
将塌陷。

偏偏，对于急进的男生而言，女生的迟疑就是毒酒，

多喝一口，肝肠便多断一寸。在痛痒难耐、害怕自己成为"爱情备胎"的情绪波动下，他们会埋怨、试探、害怕付出，迫使女生做出"一了百了"的决定，毫无绅士风度。

另一方面，女生面对爱情，往往会陷入瞻前顾后的窘境。虽然现今有些人的爱情观已经变得荒诞，但我相信大多数女生，仍然期待着永恒的爱情，而不是一段短促的浪漫史。因为谨慎，甚或过度害怕，于是在别人眼中成了拖延时间。

其实在恋爱中最理性的女生，就是能够审视爱情和衡量现实情况的女生。她们没有被对爱情如诗般的期待所迷惑，仍能放缓脚步，耐心观察。这是女生智慧的表现。

作为男生的你，为何不解温柔，滥用道义审判，妄然断定你喜欢的她不过将你视作"备胎"？这种输不起的心态，终究会摧毁这份情意。

如果你选择爱她，请相信自己的眼光，也请相信她——那个你爱的人。

不过，如果你还在怀疑她对你的情意，甚至你已经找到许多证据，证明她不过在戏弄你的感情，那么便放手吧，长痛不如短痛。

唯有给予

真正的爱，是甘心地给予：
给予时间、给予关怀、
给予诚信、给予自由。

"我等了她那么久，她都不肯做我女朋友。"他抱怨。
"她有跟你承诺过什么吗？"我问。
"那倒没有……但这不是很可恶吗？"他抱怨。
"很可恶呀，"我笑说，"你。"

真正的爱，是甘心地给予：给予时间、给予关怀、给予诚信。如果对方不需要你给的幸福，那么你对他最大的爱，就是给予自由了。

爱情，从古至今，都是难分对错的，所以爱情不谈应不应该，只谈愿不愿意。你愿意继续想念、继续心痛、继续等待，是你的决定，对方不愿意的话，我们也不能强迫。试想下，一个你不爱的人硬要缠着你，纵使他用尽自己的方法去爱你，难道你真的会感到幸福吗？你大概只会感到亏欠，还有烦厌吧。你从不会因为对方单方面的付出，而放弃自己真正的幸福。你有你的自由，同理，你爱的人，也有他的自由。

当然，你也可以选择等待，等待那座冰山融化，就像上帝等待人类回应，希望人类向往他的爱一样。可许多时候，上帝只是痴等，因为他给予了人类自由的意志，让我们决定自己的归宿。

而我们也一样，爱一个人，可以无私地等待，不勉强对方随着你的步调走，不将自己的浪漫强加于对方的生活，只让对方清楚了解，自己一直都在，这便足矣。

也许身边的人会笑你愚昧，那又如何？那只是你自己的方式，且并没有打扰到对方，就连上帝也是这样去爱的。

所以，身边的朋友怎么说，倒是其次，最重要的，是你要自己判断：值不值得。

只是，说起等待，许多人都在等待的过程中发现——我们不是在等待一个人爱上自己，或者等待他回心转意，而是在等待着，自己有勇气毅然放手的那一瞬间。

爱上让你倾心的，不如爱上让你称心的

勉强去爱，就像硬要穿一双

好看却不合码的鞋子，

忍无可忍脱下时，

才发现自己的脚已经血肉模糊。

电影《甜心先生》（台译：《征服情海》）有这样的
一幕：

汤姆·克鲁斯对着蕾妮·齐薇格深情地说："You
complete me（你使我变得完整）."

但云妮丝维嘉竟回答："Shut up（闭嘴）！"

汤姆·克鲁斯愣住了。

蕾妮·齐薇格转而感动地说："You had me at hello
（当你说你好的那一刻起就拥有我了）."

他们一对望、一开口，便让对方倾心了。

在电影情节的发展和音乐的烘托下，这样的爱情是浪漫的，但在现实中，这却是危险的。我不是要否定所有的"一见钟情"，但当一个人的感性完全掩盖理性，便很容易陷入万劫不复的境地。一旦倾情于一个人，我们便只能被对方牵着走了，像一辆人力车，车夫要何时放下你，你管不着，也无力再追上他。

在给胡兰成的照片背面，张爱玲写道："当她见到他，她变得很低很低，低到尘埃里，但她心里是欢喜的，从尘埃里开出花来。"

其实，二人初见时，胡兰成曾笑说："你的身材这样高，这怎么可以？"

但在心底间，孤高的张爱玲却是那样低微，低微得竟然失去了自己，却仍然感到愉悦。

她倾心于他，以至心思意念、生活点滴、笔端勾画间都沾染了他的影子。但是失衡地倾情于一个人，便是最没有保障的爱情，因为你只能受制于人，正如张爱玲受制于胡兰成。他，最后还是几番辜负了她。他们从此走上了一条分岔的路，他们都回不到从前了。

对着深爱的人，除了变得卑微，我们还总爱委屈自己，在喜爱的人面前扮演一个自己很陌生的角色。那个角色不是你的本相，而是对方喜欢的模样。

初时，你也许还能自欺欺人，但日子久了，那种感觉将会使你心力交瘁。这是因为，你将惊觉，你们之间根本从未相爱。就算你撑下来，并且得到了他的欢心，但他所爱的人，永远不是你——不是，那个真正的你。他爱的，永远只是你的面具；而你，实际上只是一个爱他却欺骗了他一辈子的演员。

曾经看过一段话，说勉强去爱就像硬要穿一双好看却不合码的鞋子，走了一段长路，忍无可忍要脱下时，才发现自己的脚已经血肉模糊。

所以说，穿一双漂亮的鞋子，不如穿一双合适的；爱上一个让你倾心的人，不如爱上一个让你称心的人。如此，你方能舒畅坦然地跟一个为你欢喜为你忧的人走下去。

至于那双不合码的鞋子，丢了吧，留在那分岔的路口，永远别重拾。

没有忘记，也是一种幸福

后来，每当想起那段情，

比起痛，更清晰的，

是怀念。

每个人都有一段感情，它在记忆里永远活着。

令你难忘的那段情，也许是亲情，也许是友情，但对大部分人而言，那是爱情。而且，多数是失去了的那段。从前你爱计算你们在一起的时光，但当情谊散尽，你只能数数你们分开了多久。

之后，无论时间与泪水如何洗刷，这段情还是带给你清晰而尖锐的痛，令你的心像被一支冰锥刺穿。难怪有人说，不要把你的青春奉献给别人，不然，你将一生无法忘记他。

它一直潜藏着，偶尔袭击你的心，就算你觉得自己心死了，它还是侵蚀着心的残骸，它还是活着。

"时间久了就会习惯。"不时有人安慰你。

还有人说："忘了他吧。"

理性上，你也明白这个道理。你甚至已经删除所有与他相关的东西，例如信息、相片、音乐等等（虽然你总是备份完才删），但当你看见某个似曾相识的背影、经过某个熟悉的地点，或者听见咖啡店响起某首歌，你就情不自禁地念及昔日的种种。

始终，人非机器，不是一键删除，便能除去记忆。时间久了，可能真的想少了，但当它突然刺出，那份痛还是一样的鲜明。

只是，不知从何时起——大概是当你成长了、释怀了，能够坦然回首向来萧瑟处的时候，即使你缅怀往事时心底仍然隐隐作痛，但比起痛，那段回忆带给你更多的，是一种微醺的感觉。

换句话说，每当想起那段情，比起痛，更清晰的，是怀念——怀念那时候的单纯，怀念那时候的羞涩，怀念那时候的无话不说……怀念那时候能一起静静地坐在沙滩，望着对方的脸庞，轻抚对方的发鬓，等待日落，却毫不觉得浪费时间。

　　因为成长和现实的催逼，美好的时光变得十分短促，忙碌让你和今日爱着的那个人都将对方看得很轻，就算爱情偶尔给你带来欢愉，你也寻不回当初那些纯粹的爱、纯粹的痛和纯粹的感动。这时你才发现，没有忘记当初的那段感情，是埋藏在心底的一种残而不熄的幸福。

我们之间最佳的放下

像我这种痴情的人，

最佳的放下，

也许就是无论我如何思念她，

也不去打扰她的幸福。

清代名著《镜花缘》第三十四回，写白面书生林之洋落难异乡，一时想起妻子，心如刀割，泪流满面，书中描述道："想起当年光景，再看看目前形状，真似两世人，万种凄凉，肝肠寸断。"

当一个人饱经沧桑，在失意之际回首前尘往事，难免伤怀。所以，许多人宁愿不想，选择忘记。只是，人心岂同机械，按下按钮便能删除记忆，当某种重大的挫折出现，或者某个似曾相识的画面如初秋的黑夜骤临，大多数人都会悲不自胜，不能自已。

是的，假若你真心爱着某个人，那么你应该明白，与之离别，我们总得承受一种沦肌浃髓的苦痛。

有读者曾跟我诉苦："我真的很爱他，很想念他。每次想起我们已经分开，我都不能接受这种结局。到底要怎样才能放下他、才能忘记他？"

我说，没有一份深情能够被轻易忘记，因为人的感情，每浓一分，便在心底刻深一分，就算分离，我们也无法掩盖爱的痕迹。怎么忘记？根本不能忘记。即便数十载后，我们把那段感情的细节统统忘掉，连对方的相貌、声音、说过的话，甚至姓名也都忘记，但昔年的情感，仍然有一种独特的影像，在脑中萦回不绝。就像久居深谷的樵夫，不论晨雾多浓，他们还是很清楚山谷的深度。

无法忘记，也许我们只能放下。

什么是放下？当想起一个人，你能念而不伤，那便是放下了。有些人的放下是圆满的，因为放下以后，他们能重新成为密友。就像我最近认识的一位朋友，她被之前深爱的对象拒绝后，仍能坦然跟他相处，有时还会替他与女朋友拍照，日后也会出席对方的婚礼，见证对方的幸福。

我羡慕这样的放下——有一些人就像我一样，只能欣羡。

在我的生活圈中，这种人却占多数。

有一段时间，我迷恋一个女生。我觉得她就是我的百分百恋人，论外貌，她气质绝伦、仪态万方，举手投足都带着风情；说性情，她温婉如立秋傍晚的月，雅逸如爱琴海畔的猫，纯良如青青草原的小绵羊。她仿佛有一股独特的气场，能够将我的注意力吸引过去。

我编写过一百个喜爱她的理由，并且传给她。但传送完后，我就后悔了。若说喜欢她，我理性上确有数百个理由，然而当说爱她，我感性上却列举不出一个确切的缘故。所以那堆文字，怎么看都觉生硬虚浮。

我用温水煮青蛙的方式追求她，慢慢跟她建立了一段深厚的情谊。我曾以为一生一世，距离我们不远，这样的感觉随年月递增。但，原来爱情，并不是你情，则我愿，并不是你以为，则为实。当她拒绝我后，我想放下这段尴尬的单恋，跟她保持一段友谊。但我不能。

也许是我太自私，占有欲过盛，所以每当我幻想她遇上一段新的情缘，开展恋情，步上婚礼的红地毯，与另一个男子比翼连枝，我便如白面书生林之洋想起妻子一样，万种凄凉，肝肠寸断。我无法豁达地放下，至少暂时无法。

不过，我也清楚，总不能一直自伤自怜，所以我能做的，就是不再借故接触她、不再托辞跟她见面，尽量不去触碰那片心底的地雷阵。

　　我想，像我这种痴情的人，最佳的放下，也许就是无论我如何思念她，也不去追看她生活的点滴，不去打扰她的幸福，让她安安静静地沉淀到心底难以触及的角落。

　　（此文初稿刊登于2015年3月6日Yahoo Style专栏《市井留闻》）

CHAPTER 04
第四章

重新，发现自己

到了某天，
我们不再追逐别人的追捧，
不再矫言伪行，
不再将别人的影子套在身上，
我们才会看见，
自己的本相是那么妙不可言。

还未遇上最美的自己

在做自己之前，先认识自己，
认清什么应该及时舍弃，
什么值得你坚持不懈，
方能活出一个可爱的自己。

你是否跟我一样，曾想过，最美的时光已经错失了？
但，你又有否想过，也许我们从未遇上最好的自己？

生活里，我们都太在乎别人的目光了。譬如，直到今
日，每当听见长辈和朋友说："当作家赚不到钱，生计难
保，且这条路太晦暗不明了，很难走下去。"老实说，这
些催眠的话语仍会使我动摇。相信怀有梦想的你，也有这
般犹豫的时刻吧。

可能不只是梦想，外貌、衣着、兴趣等，几乎所有生活上的事情，总会有一些人对我们品头论足，而我们，却常会因为他们的一句话，苦闷好几天。就好像我的一位女同学，她平常爱梳三七分界的发型，近来心血来潮，去理发店做了一个韩式的"空气刘海"。她原本蛮喜欢自己的新发型，我也觉得挺可爱的，但同学、朋友都说认不出她，还有人笑说这发型不适合她，她为此懊恼不安。结果三天后，她还是梳回了旧发型。

跟我的同学一样，我们都受着形形色色的掣肘，活不出真我。想想，如果所有人都失去了上帝所赋予的独特个性，这个世界就太无聊了。唯有到了某个觉醒的时刻，我们不再追逐别人的追捧，不再矫言伪行，不再将别人的影子套在身上，不再为不值得的人空劳神思，不再因为孤单而觉得寂寞……我们才会看见，原来自己的本相是那么妙不可言，原来我可以活得那么自在快活，原来梦想虽然扑朔迷离，但我们每踏出一步，便与它更近一步。

不过，在寻找自己、做自己的同时，我们又有多了解自己？我们一直在坚持的，是什么？值得吗？身边有一个朋友，当别人批评他时，他便会说："我就是这样的了。"然后一意孤行，继续"做自己"。有时，他还会气愤地补充说："不喜欢就算了！"在他眼中，他自己可能是独树一帜的，但在旁人眼中，他这样的脾性真的很惹人讨厌。

我敢说，如果他遇上了跟自己一样的人，他也会讨厌。他一直所坚持的自己，就是一个自私、伤害人的自己，这样的执着有意义吗？

　　所以，在学习做自己之前，先认识自己，为自己找一个定位，认清什么应该及时舍弃、什么值得坚持不懈尤为重要，如此，方能活出一个可爱的自己。

　　而在这天来临之前，我们可能会在漆黑、孤苦中忍受时间和现实的煎熬。没有痛苦，人是很难觉醒的，几乎所有的大彻大悟，都是在沉痛中提炼出来的。什么？你担心自己蜕变不了？安心吧，朋友，正如网络上流行的一句话："你能作茧自缚，就能破茧成蝶。"那时候的你，才是最美的你。一起坚强地等待那天的来临吧。

寂寞高手

最寂寞的，不是孤独一人，
是勉强跻身于不适合自己的环境，
和爱上不爱自己的人。

我不了解我的寂寞来自何方，但我真的感到寂
寞。你也寂寞，世界上每个人都寂寞，只是大家的
寂寞都不同吧。

——几米

曾经以为，只要广交朋友，闲来有人陪伴自己，拥有几
个比自己更了解自己的知己，人就能脱离寂寞，但现实并
非如此，把所有希望和渴望都投放在别人身上，试图透过
他人满足个人的欲望，我们终究会失望，以致会比先前承

受更多的寂寞。

我们应该知道，没有人可以完全满足自己，盲目地追随人群，寂寞只会日益壮大。这就像尝试推倒一个不倒翁，当它重新竖起来，反而会抖得更厉害。

有人把寂寞看成是快乐的影子，换言之，他们认为快乐背后便是寂寞。不是吗？每次跟一大群朋友欢聚后，或者到游乐场狂欢后，或者跟情人拥吻送别后，当一切回归寂静，我们的心底便会泛出一阵空虚，莫名地失落起来。

但我们似乎都忘记了，按照此论，在寂寞之前，我们都体会过快乐。只是，或许我们的天性喜欢沉溺于寂寞多于回味快乐。大抵这就是许多人时常感到失落的原因。

我天性好静，喜爱独处，但当他人热情地邀约和招待，我便会因为不好意思拒绝而勉强赴约。我发现很多人也跟我一样，大概你也是。

活在喧闹的世间，随着别人情感的起伏，我们笑、我们哭、我们喧闹、我们愤怒、我们沉默，但这些未必是我们的真实情感，我们只是害怕成为别人眼中的异类。

经验一再告诉我们，最寂寞的，不是孤独一人，而是勉强跻身于不适合自己的环境，和爱上不爱自己的人。可是，我们却偏要这样做。

在人类世界中，离群是一项隐性的罪名，就像游戏的潜规则一样，若犯此罪，惩罚便是遭受排斥，让人饱受寂寞。

但矛盾的是，我们却往往因为勉强融入一个群体，而更感寂寞，只是那种寂寞藏得很深，深到只有黑夜能读懂它的言语。

后来，我们都成了寂寞高手，也成了掩饰寂寞的高手。

美国小说家托马斯·沃尔夫曾说："孤单绝非一种鲜有而且特别的现象，尤其对我和一些独居者而言；然而，它是人类活于世上最核心且不可避免的问题。"虽然孤单有别于寂寞，但孤单也好、寂寞也好，它们都是我们生命的一部分，就像指甲、血脉、内脏，谁也不能摆脱它们，甚至根本离不开它们。

其实，寂寞也不是那么沉重的，不是有七十亿人跟你一样承受着它吗？而且，孤单寂寞时，我们都可以找到自己很纯粹的存在，跟自己的交流也变得实在，反思的能力大幅提升。

人在寂寞煎熬中，只要仍然坚持活下去，不对未来感到绝望、不沉溺于自哀自怜，就总能够找到出路。正如卡夫卡所言："一切似将终结时，新的力量必会涌现，让你更加坚强，这正表明——你是活着的。"

或许，上帝设立孤寂，是为了让人在热闹的红尘中，永远拥有一个避世的空间，可以重新寻回自己。

　　这，就是我们都需要寂寞的原因。

忙到心亡便是忘

我们都忘记了，

忙碌的初衷，

是为了与爱的人活得更美好。

忙碌是城市人的共同特征之一。

有些人忙于投资投机；

有些人忙于应酬；

有些人忙于人际关系；

有些人忙于管理家务；

有些人忙于工作学业；

有些人忙于娱乐嬉戏。

即使上下班乘车途中，可以休息一会儿，我们还是忙于关注社会新闻、忙于看专栏社评、忙于窥探艺人的私生活、忙于补妆、忙于闯游戏的关卡、忙于看半集肥皂剧……

这些未必是坏事，但当我们盲目地用它们填满生活，有些原本更值得关心的事，自然会被舍弃。

有趣的是，难得放假，本应偷得浮生半日闲，脑袋还是会产生一种激素，催逼我们要做点什么，总觉得耗尽每一分每一秒，人生才算充实。但这其实不是真正的忙碌，而是"忙碌强迫症"。强迫症患者总是被同一种思维困扰，变得慌张、焦躁。他们会通过重复完成某件事，去缓解内心的压迫感。即使他们意识到问题所在，仍无法控制自己的行为。

我们的病征，就是失控地反复忙碌。

你忙，我也忙，活在这年头，要忙的话，根本不用想借口，我们都好像成了忙乱的奴隶。

时至今日，要安静下来，花时间陪伴心爱的人，那才是一件需要苦心经营的事。忙碌惯了，人与人之间互相重视的心都慢慢消亡。无意间，我们都把对方忘了。

最后，我们还忘记了，忙碌的初衷，是为了与爱的人活得更美好。

其实有计划地安静下来，让脑袋和身体休息，人才能整理自己的生活，调整自己的心态，润泽自己的心灵。常言道，休息，是为了走更长的路，正是这个意思。而且，停下来，我们才能看清身边那些明媚的风光。

因为忙碌，我们错失的都太多了，难道还要让每一个明天，都用来哀悼昨天吗？

沉睡了的心

人与人之间如此疏离，
最大的原因不是我们互相敌对，
而是互相排斥，
对身边的人事冷淡起来。

今日回家时，已是夕阳西下，沿路的树都蒙上一层深浅不一的黑影，像是准备融进接下来的黑夜一样。除了行人匆匆的脚步声和汽车行驶的声音，万物宁静得像熟睡的婴儿。周围明明很美，我的内心却无故添了几分新愁。

突然，看见路边有一个人独坐在台阶上，头埋在两腿之间，一直颤动，似乎在哭泣。我停下了脚步，好想走上前关心关心。但我却只是停在那儿，一直在犹豫，觉得这样做非但尴尬，而且危险。

似乎不仅我这样想，人群匆匆而过，他们最多只多看那个人一眼，便若无其事地离去。后来有一个老人，跟我一样停下脚步，我们四目相对，眉头一皱，又回望那个陌生人。除此以外，没有别的。

忽然，有一个男孩挣脱母亲的手，跑了过去，问："你没事吧？"

他单纯的问候，比万物的宁静更让人感到舒心。

那个陌生人摆摆手，示意：没事，不用管我了。

看见他没有大碍，似乎想独处安静一会儿，我便打算迈步离去，身旁的那个老人亦然。

这时，男孩的母亲凶巴巴地把他拉走，还用力拍了他的手背一下，责备道："不许随便跟陌生人说话！"说罢，又用力拍一下，"还甩掉我的手？"

还记得上次关心陌生人的情境吗？

早前，上海有一名男子遇上车祸，卧在路边，一个跟他素未谋面的外国女人走上前，握着他的手安慰他。这竟然成了一条万人热传的新闻，成为别人眼中的"动人时刻"。怪。好怪。关心一个有需要的人，不是人之常情吗？

曼德拉说，没有人天生会恨，恨是后天学回来的。同样，爱也可以学回来，而且，爱比恨更容易走进人的内心。我认为，人与人之间如此疏离，最大的原因不是我们互相敌对，而是互相排斥，对身边的人和事渐渐冷淡起来。

人类受造物主的安排，是要群居而互助，唯有互相包容、接纳、忍耐、关爱，才能让世界多几分笑容，我们才能走进彼此的内心。

然而，大多数时候，我们却各自走向自私和偏见的角落，孤独地防范他人，孤独地与忧伤抗争。渐渐地，那份人性的纯美，也如那片夕阳的余晖，美丽却暗淡，继而沉没。

最后，我们都仿佛失去了爱的能力。

没有Facebook，你还记得我生日吗?

都说科技让天涯如咫尺，

但实际上，

我们心灵的距离却越来越远。

Facebook有一个生日提示功能，英文版写着"某朋友的生日是今天"，只要顺手一按，就可以敲上祝福语。于是，每逢有朋友生日，他们的Facebook就出现一堆"生日快乐"，有诚意一点的，会加上两个感叹号和一个笑脸符号。

我一直觉得，真方便，方便到有时连我已经向朋友说了生日快乐，都忘记了。

我也按Facebook指示，公开过自己的生日日期，但那时只是随手选了个日期。后来某天，突然一堆人在我的Facebook上留言，祝我生日快乐。最令我讶异的是，一些常跟我称兄道弟的"好朋友"，都来祝贺。我想解释，但想了想，最后只是逐一赞好。毕竟，他们还是祝福了我。

在信息没有那么发达的年代，我会把友人的生日写在记事簿，每年抄一次。后来，我会设定周年的电邮及手机提示。到了今天，对于大部分的朋友，我也只会依靠Facebook的生日提示。老实说，科技越进步，祝福越方便，我就觉得自己越来越欠缺诚意、越来越敷衍了事。都说科技让天涯如咫尺，但实际上，人与人心灵的距离却是越来越远。

当然，与此同时，我也有自己的"报应"——到真正生日那天，只有寥寥数人跟我祝贺。

我心中的蜡烛点了，亮起来的，却是寂寞。

如此数载，我也看开了。反正这种所谓的寂寞，让我更清楚谁是真正关心我的人。

重复难过

我们不会因为同一个笑话，

重复快乐，

却总是因为同样的忧愁，

重复悲伤。

网络上有这么一个故事：

教授在课堂上讲了个笑话，大家都笑了。半小时后，教授又把这个笑话讲了一遍，这次只有一半人略带笑容。当教授第三次讲完这个笑话时，只有一两个人在笑，但他们笑的，是教授的重三叠四。

最后，教授像揭晓谜团一样说："既然你们从不因为同一个笑话一次又一次感到快乐，为何却总因为同样的缘由而重复悲伤呢？生活的感觉是由自己选择的——你为自己选择了什么？"

生活带给我们的压力过于沉重，有些事情在旁人眼中根本是小事一桩，但对我们而言，那却是生命中不能承受之轻。对比起我们所享受过的喜乐，伤怀的事总是更为深刻，所以我们总是将精神集中于伤春悲秋之上，为着同一件事忧伤多时，并觉得自己熬不过此关，怨恨绵绵无绝期。教授的一席话，正是要教训这样的我们，希望我们学会从快乐的回忆中提取生活的正能量。

我有一个快乐的秘诀：下一次，当你再因为同一件事而忧虑时，不妨摸摸自己的头，笑自己是一个傻瓜，然后回想最近一件最值得感恩的事情，并为此而欢笑。常怀一颗感恩的心，可以帮助我们冲破阴霾。

真的，与其重复难过，不如重复感恩好了。

你在回忆中自杀了吗？

回忆大多是美好的，
因为思念将它们美化了。

许多人都会慨叹往事不堪回首，但他们的思绪却总是凝滞于过去，难以自拔。

我曾经也是一个经常活在回忆中的人。

每值夜深，我喜欢听着那空洞滞涩的调子，追忆往日情怀；每遇淫雨时分，加上闲来无事，我喜欢播放一些伤感的歌曲，看着墙上的一截空白思忆往事，让脑袋随着墙壁发霉。

有时表面上我埋首于生活的忙碌，但灵魂却像抽离了一样飘到旧时。我不时觉得，回忆仿佛比现实更实在。

我如此沉溺于回忆，不是因为当时的人和物比较重要。我清楚地知道今日我所拥有的，是更加值得珍惜的。但是，回忆拥有着我已经失去的人、物和永不复回的情境。思索至此，我便不忍离弃昔日的一切。

后来我发现，在一个人空虚孤寂的时候，回忆大多是美好的，因为思念将它们美化了。正如回想起初恋，太多青涩的场面、美好的初次，这些都太让人怀念了。当我一再回想，我便一再深化那部分记忆。于是，当时的良辰美景带给我的欢愉，渐渐盖过了初恋失恋带给我的沉痛。

我后来却觉得，这种美化回忆的行为，使我对旧人的印象越来越模糊，越来越不真实。情况恍如村上春树在《国境以南太阳以西》里写的一段话——

"每一次，当他伤害我时，我会用过去那些美好的回忆来原谅他，然而，再美好的回忆也有用完的一天，到了最后只剩下回忆的残骸，一切都变成了折磨，也许我的确是从来不认识他。"

过度美化回忆是十分危险的。当我们着重昨日多于今日和明日，我们的心力便被消耗于柔肠百转之中，无法珍重身边的人和事。执意沉溺于旧时风月，就如一个懂游泳的人自愿溺水——他不是游不走，他只是宁愿待在那儿。然后，他的人生从此被回忆的浪涛覆盖，没有现在，没有将来，如同死了一般——准确一点说，如同自杀一般。

往事总有值得怀念的部分，但过去的，就让它过去吧，不必跟一切已然逝去的事过不去。

放下倔强，学习爱

在爱情里面，

我们都要学会适时放下自己。

倔强和盲目自大的人，

会永远被丘比特遗弃。

她又跟男朋友闹翻了。

她很激动地向我诉苦，事情概况是：

"你又没有回复我的短信。"他说。

她有点讶异，马上开手机。

他习惯性地嗤笑了一声。

"你这种冷笑很让人讨厌。"她说。

他欲言又止，最后，没有解释下去。

他们都无意伤害对方，就如她无心忽略他的短信，他也无意冷嘲。但他们就这样开始了冷战。委实无奈。

这段爱情缺少了一份谅解。

她说："我好讨厌用手机打字，有时又在忙，想晚点回复，可总是忘了。"

男方则觉得回复是一种礼貌，也可省却自己对她安危的担忧。如果她了解他的忧虑，而他又体谅她的喜恶习惯，他们争吵的次数一定会减少。

另一方面，男方那习惯性的嗤笑，我相信纯然是一个无心的小动作，像眨眼一样无意。其实她也心知肚明，但因当时怒火中烧，一时觉得他是为了宣泄不满，岂料这点怒火最后烫伤了自己的心。

"道个歉，哄回他吧。"我建议，"有时候，男生也像个小孩般需要被哄，特别是在自己最爱的女人面前。"

她一脸委屈，反问："我有错吗? 他就不会哄我? 谁管他! "

好不容易才遇上一个赋予你新生命的人，却因一时的固执与误会、傲慢与偏见而自毁幸福，值得吗? 这不只是无奈，也是无聊。

在爱情里面，我们都要学会适时放下自己。

倔强而盲目自大的人，会永远被丘比特遗弃。

想太多

你和他人的关系

不可能像你想象的那么好，

但也不会像你想象的那么糟。

"你别那么执着于我话语中的个别字眼，好不好？"他不耐烦。

"但事实就是这样，你心里就是对我不满！"我愤慨。

"是你想太多了。"他带点无奈，"如果你硬要这样想，那算了。"

我们都静默了。

这天，我又误会了一位朋友。那时恼羞成怒的是我，这时怒不可遏的是他。虽然根据过往的经验，如果做错的一方愿意道歉，多则一两天，我们便会和好如初，但我还是为此觉得愧疚。

遇上冤屈、难过的事，表面上，我可以像无所谓似的，但实际上，我却藏着一颗易碎的心，是一个对别人的话很敏感且很容易受伤的人。有时朋友打趣地说了一些揶揄的话，我都觉得，他们或多或少是有点讨厌我了。

我曾经追求过一个女生，原本我们的关系发展得挺好的，但有一回，她因为忙碌而拒绝了我的约会，我顿时觉得天崩地裂，以为她定是要拒绝我，这段情已经到了尽头，又以为她有了新的意中人。我还为此白白伤心懊恼了好几天。

还有一回，一位读友私下跟我说，有"一行诗"（我在Facebook专页办的文学活动）投稿者的稿件是抄回来的，但我迷迷糊糊，竟然误以为他说我的文章是抄袭的。我忿忿不平地跟他辩论，他莫名其妙地被我教训了一顿。当我发现是自己想太多时，我猛拍自己的脑袋，低声下气地道歉。

我总是想太多，甚至有些许"情绪上瘾"，喜欢沉溺于自伤自怜之中，不时会觉得自己是天下最孤苦的人，然后一个人哭、翻着小说发呆、胡乱按一些网站。但睡醒之后，基本上就会发现自己的"惨况"其实都是想象出来的，又不禁慨叹自己愚昧可笑，虚度了一晚。

莫泊桑说过："生活不可能像你想象的那么好，但也不会像你想象的那么糟。"

对于像我这样情绪敏感的人而言，这段话，许多时候也适用于我们和他人的人际关系——你和他人的关系不可能像你想象的那么好，但也不会像你想象的那么糟。

我怕麻烦了你

有些人脸上洋溢着一片阳光，
但心里却下着阴晦的雨。

跟他相识十多年了，他总是喜欢笑。中学会考那年，他患过气胸，俗称"爆肺"，被迫休学半年，学业一落千丈，前途堪忧，大家都猜他要留级了。奇怪的是，他回来后依然满脸笑容，奋斗不息。

我曾见过他一整天都待在图书馆，别人都去吃饭了，我唤他一起去，他腼腆地笑，让我先走。后来我才发现，原来他为了省时间，午、晚两餐都只是偷偷地在啃朋友买回来的面包。

他的努力得到回报，最后考得比我还好。

他笑说："我真走运。"

　　那时，我们并无深交，所以我以为他真的那么坚强、那么乐观。

　　后来，我们熟稔了，不知不觉间闯入了彼此的内心世界。那时，我才知道，他一直不快乐。有些人就是这样，脸上洋溢着一片阳光，心里却下着阴晦的雨。

　　原来休学期间，探访他的朋友少之又少，除了我和两个好友偶尔替他抄写笔记，也没什么人关心他的学业。他的消失，对大部分人而言是无关痛痒的。这使他消沉了好一阵子。

　　而那些年，关于他的悲伤，我却懵然不知。作为朋友，我像缺席了一样。

　　我问他："为什么你觉得孤单时不找我们、不跟我们说？"

　　他尴尬地说："我怕麻烦了你们。我明白的，大家都有要忙的事，特别是会考期间，谁还有空管我？我的病是无法根治的，诉再多的苦也于事无补，不如不说，省得烦了人，又让人替我忧心。"

　　我们都清楚，人生这条路，能跟一群人结伴同行，互相扶持，彼此鼓励，才称得上是一趟曼妙的旅程。然而，我们却常将名利得失、个人情感和工作业务看得太重，以至忽略了身边人的内心需要。回首前尘，我们只有悔疚。当年只顾着考好一场试的我，原来一直看不穿他脸上的面具、看不穿他的体贴。

哈佛大学的教授克雷顿·克里斯汀生说过："表面上看来，家人和朋友不需要你担心，奇特的是，这正是你最需要把时间放在他们身上的时候。"这不是没有道理的，试问谁会一直跟别人说"我太伤心了""我觉得很孤单"？又不是小孩了。

有时，表面上，我们都很正常，甚至很积极。但实际上，我们都在默然等待一个真正关心自己的人，主动探索自己的内心、主动分担自己的忧伤。始终，我们都太多虑了。正如我的朋友，他不是太坚强，他只是太害怕，怕向人抱怨唠叨太多，自己会变成别人的麻烦。

这一刻，我想说：朋友，当年，实在抱歉。但我可以告诉你，其实再忙碌也好，你的事也都是我的事，如果你也当我是朋友的话，伤心时尽管找我吧。你永远不会是我人生的麻烦，你永远不会让我觉得麻烦，因为我把你看得比其他都重要。

（此文初稿刊登于2014年12月19日Yahoo Style专栏《市井留闻》）

同行

与他人结伴同行，
你可能会走得慢一点，
路要绕得长一点，
但你的快乐，却不止多一点。

无论亲情、友情还是爱情，只要与人相处，也许都会有失望的时候。所以，有人说，一个人不能依赖任何自身以外的人，永远只有自己最可靠。的确，人生的路，许多时候独自一人也能走完，而且一个人走，可能走得更快。

最近读到一则真人真事——

数年前，哈佛大学商学院的一位教授，在学生毕业时写了一封公开信，告诉他们大可以忘记在校期间所学的一切。他说，校园教育太着重考试，成功建基于个人的努力，然而，在真正的工作场所，良好的表现其实取决于我们能否善用"人际关系网络"。

当然，他所指的，不是将身边的人当成可以平步青云的踏脚石，而是当我们真诚地对待身边的人、乐于结交各界朋友时，我们便会自然地靠近成功。

从上帝另造夏娃开始，我们每一个人就注定要找到同行者，互相安慰、造就、劝勉，成就彼此。寻找同行者，可能要经历许多辛酸，但人生最大的快乐，莫过于找到一群愿意跟你并肩走下去的人。而且，只有找到这么一群人，你才会感受到与人分担痛苦、与人分享成就所带来的喜乐，你才会真正发现自己生命的意义。

也许，与他人结伴同行，你可能会走得慢一点，路要绕得长一点，但你的快乐，却不止多一点。

我需要的不是赞好

当一个人突然发表伤感的文字，
那时他一定承受着难以担当的
孤苦和无力感。
而他需要的，从来不是赞好。

有一个朋友，他很少使用Facebook讲述近况。有一回他病了，大概还遇上什么烦心的事，他竟然在Facebook发言说："又病了，但……"隔了一会儿，有几个朋友"赞好"了这则动态消息，除此便没有响应什么。我没有赞好，因为我觉得别人在诉苦，你还赞好，这究竟是什么心态？是表示关心，是同病相怜，还仅仅是"已阅"？

我私下传了信息给他，寒暄几句，查问病情，以表关心。我怕他只想安静一下，一开始也不敢多言，没想到说着说着，他竟然跟我吐了一大堆苦水。那些事情，压抑得太久了。

最后，他跟我说："多谢你的聆听和关心。"

我说："不用谢。"

他又说："有些人只是赞好，也不知用意何在。就只有你了……会来问候我。"

感受到他的孤寂，我想起小说《恶魔法则》里的一句话："寂寞，就是当你一个人内心空虚的时候，却无人能和你分享。"

我还有点内疚，因为要是没看到他的留言，我其实不会特别去关心他。我称不上是一个好朋友。

当一个人突然发表了一段伤感的文字，那时他一定承受着难以担当的孤苦和无力感，所以才禁不住发出内心的渴求——一句慰问。如果你视他为朋友的话，请真诚地问候他一下。他需要的，从来不是那个不明所以的赞好。

关于快乐：一个显明的秘密

通向梦想的这条路，每多踏一步，

就可以多窥探一件世界的秘密，

多体味一分快乐的味道。

这个世界有许多"渐"的道理，其中一个较为可悲的
是，许多最初让我们心动的人和事，在时间的洗涤下，后
来都渐渐变得不过如此。例如，儿时我们会为一个机器人
或一个洋娃娃而快乐；年少时会因为意中人回眸一笑而痴
醉；成年时会因为建立了一个家而感到振奋。随着我们慢
慢长大，这一切却渐渐变得平淡起来。大概因此，每当看
见老年人的身影，我总觉得悲伤，甚至觉得他们的生活毫
无意义，他们的人生没有什么是值得骄傲的。

我们都会偶尔怀念昔日的时光，但当回首前尘，更多的是感伤的叹息，叹息时间无情地流逝。久而久之，不禁认为人生注定悲凉，明天注定要为昨天悲哀，思索至此，眼泪便夺眶而出，心里的伤情也无法控制。但是，这是我们所认知的现实世界吗？现实世界真的只是一个悲惨世界吗？

我想套用北岛《回答》中的一句话来回应——

告诉你吧，世界：我——不——相——信！

只要冷静下来思索，其实我们都知道人生并非那么悲凉。人生除了黑暗，还有我们未曾察觉的光辉。上帝创造我们，岂是让我们来沉沦的？我们不妨这样想：以往值得高兴的事，渐渐变得不过如此，其实是因为我们发现，未来还有更多更美好的事物在等待着我们——机器人、洋娃娃算什么？不过是幼年的娱乐。年少时的爱情，也许不过是青春的迷惘。当初急切地想建立一个家庭，也许仅仅是想寻得一份安稳。

当一个人习惯了一种生存状态，便会对它感到麻木，就像乡间的农民看惯星空，那些夜空中的火树银花，慢慢也算不上一回事。不过，有时，越美好的事物，我们就要花越大的耐性才能发现，也要花越大的心力方可取得。

但是，人生不会没有出路，更不是注定悲哀的。我们对生活的热情之所以那么容易消散，是因为我们都丢失了心里真正爱慕的事情——我猜那是梦想。

《牧羊少年奇妙之旅》中有一段我酷爱的话——

"当我真心在追寻着我的梦想时，每一天都是缤纷的，因为我知道每一个小时都是在实现梦想的一部分。当我真实地在追寻梦想时，一路上我都会发现从未曾想象过的东西。"

唯有通过追逐梦想，人生才能真正的喜乐。因为那是上帝埋藏在人心中的宝藏，那是我们人生的精彩之处，不把它发掘出来，我们的内心就会郁郁寡欢。

真的，只要踏上追寻梦想的旅途，人便会打从心底感受到一种振奋，每多踏一步，我们就可以多窥探一件世界的秘密，多体味一分快乐的味道。就算会失败又如何？尝试过，你便胜过世上许多人。简单而言，压抑着追逐梦想的欲望，就是我们无法得到确切的快乐的真相。

可惜的是，大部分人都无法理解这个显明的关于快乐的秘密。对他们而言，梦想太过遥远、太不切实际，于是，他们捉紧了另一些自以为更美好的东西，过着自以为是的幸福生活。

也没什么的，这不是一种指责。

只是，遗憾的是，他们跳过了人生中一个重要的环节，直接走向了平淡。

知足而不裹足

重新发掘对这个世界的激情，
学懂知足而不裹足，
才能活得无愧于心。

雨果在《悲惨世界》中写道："人生最美好的日子，是尚未到来的日子。"如果你觉得现在已经活得很好，那你要知道，你可以活得更好；如果你觉得自己的人生已经到达登峰造极的境地，那你要知道，你可以攀上更高的山峰。

当一个人活在安逸中，必然会产生惰性。懒惰的天性使人眷恋苟且偷安的生活，在不经意间走向堕落。

有人说知足就好，不求更多。知足固然重要，但知足是为了让人在当前的境况中学会感恩，不勉强、不过分、不怨天尤人，却并非让人裹足不前。如果你有能力活得更好，却以知足为由，不思进取，那便是懒惰。

如郭沫若在《蒲剑集·青年哟，人类的春天》中说："我们必须克服自己内心的苟且偷安、甘为顺奴的惰性，我们才能从惰性的沉沦中将自己救起。"

卡夫卡在法律博士学位毕业前，曾发表过少量作品，但反响不大，因而他的父亲蔑视他写作的梦想。毕业后，他在保险公司任职，由于办事利索，职位扶摇直上。卡夫卡也察觉从事保险职业似乎比当作家更能养家和讨好父亲。此时，他似乎已经登上一座高山。

要知道，卡夫卡也有人性的弱点，大概脑海中也曾有一刹那闪现放弃写作的念头。只是，他不甘于庸俗、不甘梦想被误于苟安的思想中，他最终将写作当成自己真正的职业，即使他必须在工作以外花许多精神，即使写作并未为他带来太大的成就，即使染上喉头结核以致无法进食，他还是坚持写作。

对卡夫卡而言，写作是"一种祈祷的形式"，是让他的精神得到升华的修炼，是让他可以活得更美好的途径，所以，他坚持。

扪心自问，你真的觉得自己已经活得无愧于心了吗？人生最糟糕的，莫过于从未热血沸腾地为生活奋斗过。那种安稳就像一艘从未去远航的巨大游轮，它一直停泊在码头，等待朽坏。

　　我们不必硬要追求功成名就，但我们要重新发掘心底对这个世界的激情，学会知足而不裹足，这样才能活得无愧于心，活得更有意义。

我只是嘴巴不好

朋友，请不要因为我沉默，
就觉得我冷落你。
我嘴巴不好，不代表我人不好。

当与一些朋友变得较为亲密后，我通常都会问他们一个
问题："我给你的第一印象是什么？"他们一般都觉得我
天性冷僻，不喜交际，因为我总是板着脸，沉默寡言。当
然，深入认识我以后，他们便会发现我活泼的一面。

对于这样的评论，我无力辩驳，因为我委实不太懂得视
场合、对象而说适当的话。尤其是面对陌生的人，我怕彼
此尴尬。说家常话，我觉得他们没兴趣听；说寒暄的话，
也硬扯不了多久；聊太严肃的话题，则搞得自己像高高在

上似的；说亲密的话呢，我们的关系又未至于此。所以，我宁愿不说话。也正因此，我很害怕在长途车上遇上不怎么熟悉却又不得不打交道的人。

特别是在阴天或雨天，我只想静静地待着。这样的郁闷不是因为心情差，也不是因为疲惫，总之我就是不想开口。就像前晚跟朋友去打篮球，中途来了一场雨，我们便转到一家餐厅饮食闲聊。

分离时，一个新认识的球友跟我说："你好沉默啊。"

我只回答："是的哦。"

然后静默了一会儿，他就走开了。

我想，我的冷漠应该使他纳闷了。

不过，那不是我的原意，我只是想静一下。

朋友，不管你认识了我多久，请不要因为我沉默，就觉得我冷落你，或者觉得我高傲冷漠。

我嘴巴不好，真的不代表我人不好。

有些话只想找陌生人说

有时我想逃避整个熟悉的世界，
寻找一个陌生人，
尽说心底一切的糊涂和空虚。

一般而言，每逢心里苦闷，想找人诉说，我都会找亲密的朋友。但有些时候，我宁愿跟一个陌生人说。以往我解释不了这种怪现象，还以为是自己这种异类的独有行为。但认识的人多了，我才发现，原来这是挺常见的现象，就像安静的家猫，偶尔也会活蹦乱跳，仿佛想挣脱安稳的住所，到街头流浪一夜。

四年前，我习惯在某个网志写日记。当时写作，纯粹是因为无聊，想用写作打发时间，没想过会有读者，没想过

引起共鸣，没想过会有人留言响应。所写的，比今日的更
为琐碎凌乱。

秋季某天，我突然收到一则留言通知，我以为是来自朋
友的，没想到，那竟是一个陌生人。她说我的文字令她动
容，希望我继续努力写作。

说实在的，当时鼓励我的人很少，她的留言让我大为
动容。但我只是礼貌地道谢，并客套地说了句："我会努
力。以文会友，不亦说乎？"

但她似乎误解了我的客气，竟然留下电邮，说愿意跟我
做笔友。

我愣了一下，心下欢悦，加上一直渴望有一个笔友，所
以我也留下了电邮。

可是我们却没有再联络了。

那年圣诞，闲来无事，我回顾了一年来自己写过的文
章，因此重新看到了那则留言。当时的感动重新涌上心
头，于是我用电邮传了张电子圣诞卡给她，也不知她是否
记得我。

大概喜欢文字的人，都特别重情，即使是对陌生人的浅
情——她记得。

之后，我们便用电邮联络起来，大约两星期一次，电邮
一来一往，便是一个月。我们每一次都先响应对方上一次
的话题，然后再写一大段自己的近况，所以有时一封电邮

多达一千字。

　　我每一次回复她，跟她说起自己的心底话，内心都奇怪——她明明是一个陌生人啊。

　　人就是那么奇怪，有时只想找一个陌生的人，尽说心底一切的糊涂和空虚。

　　大概我们都总觉得这些话，跟相熟的人说会很尴尬，也怕经常跟他们表露同一份软弱，自己会成了别人的一种滋扰，所以，我们宁愿找陌生人。

　　后来，不知从何时起，我们的联络减少至一个月才一次。

　　我想，大部分人都是这样，在跟一个人慢慢熟稔后，都会在莫名间慢慢疏离。我曾以为我们大概也不外如是。我没有为此悲伤，因为我们根本从来都是陌生人，说动听点，我们只是被网络世界连接起来的两个树洞。

　　我原本以为我们的关系会一直变淡，但出乎意料，直到现在，每隔一个月左右，我们还是会联络一次。只是，自从去年交换Facebook后，我们的对话内容已经变得短小很多了。

　　前晚，她又找我，难得地，她像昔日一样，写了一大段文字。

　　她说自己突然陷入了一场忧郁之中，自己也解释不了为何悲从中来。不知道该怎样跟察觉到异样的父母交代，又害怕打扰了忙于写毕业论文的密友，更不敢跟意中人说，害怕他会嫌弃自己多愁善感。所以，她找了我。

我不会为此悲伤，在那一刻，我反而有点窃喜，感恩我们只是陌生人。

我很清楚，她找我，并不是因为我们的关系特别亲密，而是因为我们特别陌生。

也因着这份陌生，在彼此突然想逃避身边的世界，不想跟亲朋密友联络的时候，我们还有一个角落，可以轻轻倚靠。

天使歌咏中的寂寞

一颗颗陌生的心，
就算靠得再近、聚得再频密，
也永远无法摆脱寂寞。
这样的城市，再繁荣稳定，
也只如戈壁般荒凉。

杨朔在《海市·百花时节》里写道："到今天，人类生活的天地这样开阔，当然不一定只是思念自己的亲人，可是，每逢节日，还是会引起你无限低回的情绪的。"

孤独本身算不上什么，它只是我们的一种正常情绪，像血液一样流淌于我们的体内。我们对孤独最大的误解，在于认为它是一种缺憾，将它当成是我们人生的一种失败。

特别是在圣诞节、新年等各种节日，那些低回的情绪会越发清晰，于是，我们便寻找不同的方法去"解决"孤独。

然而，孤独是一样神奇的东西，你越想尽快解决它，你便越是受它牵制，就像深陷沼泽，挣扎，只会下沉得更快。

后来，我才知道，当孤独成了一种病，那是寂寞。

于是，我们禁不住开始逼着自己尽量融入一些场合。为了应酬、为了尽可能扩展人脉、为了跟一些不太重视你的人重聚，我们就牺牲掉独处的快乐，直至遗忘了独处的快乐。

我们自以为会觅得幸福，但大多数人只觅得更立体清晰的寂寞。因为在冷漠的人身上，在功利的社会下，我们难以寻得暖心的东西。于是，我们伫立在热闹的人群之中，独自忍着眼泪，暗自心痛。

所以每逢佳节，除非是跟意中人，或个别密友外出，否则我宁愿一个人躲在家中，听歌、看小说、写一些琐言。如此久了，我发现孤独其实算不上什么。很多时候，我们只是不懂得享受孤独，不懂得发掘快乐。能在忙碌的生活中偷得浮生半日闲，那是写意，那是快活。

虽然没有约会的我宁愿独处，但许多时候人是身不由己的。

偶然途经旺角，看着人山人海的景象，我都会想到：我们大多在这片弹丸之地成长，也许看过同一场演唱会，也许挤过同一班地铁，也许看上过同一件货品，也许在同一篇网络红文下留过言，谁知道呢？然而，我们这群熟悉的陌生人靠得那么近，但我们的心灵却离得那么远。思虑至此，我顿感寂寞。

逗留不久，我便离去。

有时，一颗颗陌生的心，就算靠得再近、聚得再频密，也永远无法摆脱寂寞。

这样的城市，再繁荣，也只如戈壁般荒凉。

（此文初稿登刊于2014年12月30日Yahoo Style专栏《市井留闻》）

那些能让你留下记忆点的人

在一个莫名的时刻，

当你莫名地想起某个久别的人，

时光会莫名地倒流。

　　我们与大部分人或相会、或阔别，都没有特别的感觉。间或翻看旧照片，我们会依稀想起某个情境，但那些回忆大多数是模糊的、凌乱的、没有时序可言的。我想，这是因为在这个忙碌的世界，什么都看重效率，就连认识一个人，我们都想节省工夫，急着要验证出对方能否成为同类、能否成为知己、能否成为情侣。

　　假如第一印象不佳，我们便像蒲公英撒种一样，轻盈地送别对方，还会美其名曰：君子之交淡如水。

　　所以，大部分的人，都未必能给予我们一个记忆点，让我们深刻地想起从前。

不过，也有例外的。

我们跟某些人虽非深交，但他们却能带给我们深刻的感觉，矛盾得让人觉得这个世界的程序编码，偶然发生错误。

我们不一定跟他们仍然保持联络，但这些人可以让我们在某次回忆过去时，神游一般回到某个记忆点，就像玩游戏时读取某段游戏存档记录一样。

不同的是，这样的"回到过去"是不能刻意成就的，只有在一个莫名的时刻（我也不清楚是何时），当你莫名地想起那些人，时光才会莫名地倒流。那时候，他们会像淡淡的香水味，飘进我们的肺腑，为我们带来一丝悸动，也会让我们在脑海里重新经历一些令人回味的情节——可能是在某片草地上你追我逐，可能是在某间快餐店里推倒了一杯可乐，可能是一起捉弄某个脾气好的实习老师，可能是一起在篮球场上被对手蹂躏，可能是一起对校花校草品头论足……

那些人，让我们记得，自己曾经是多么的可爱、敢作敢为、精灵古怪。

可是，想到这儿，就好了。

不要再想自己后来如何糟蹋了的梦想，如何慢慢对这个世界失去激动、失去关爱、失去盼望。这会让自己很痛苦。

　　下一次，想起那些人、那些事，不妨放下负累，安静地回忆过去的他们，寻找曾经的自己。

你总能阅读我的心

跟能够彼此了解的知己在一起，无话不谈，自然是快乐的；

但即使沉默不语，也可以是自在的。

日本著名作家武者小路实笃在《人生论》一书写过："我们喜欢朋友，特别是某个知己，与他更是无话不谈，特别感到快乐。对于这样的快乐，我们却无从查考其因由。"

我说，其实理由很简单，就是我们与知己，总能够阅读彼此的心。不仅仅靠着可听见的语言，有时候，一个眼神、一句唇语、一个小动作，足以让我们的心交流。

我可以肯定的是，就算你的眼神多么明显，你的唇语多么夸张，你的动作做得多么分明，如果对象是一个读不懂你心的人，他便始终无法理解。

记得在大学上某一节课的时候，老师提及我们要做分组报告，那份报告占分比例很高，同学们的神色开始紧张起来。

有一位同学跟我的目光对上，她坐得离我颇远，由于不敢妨碍老师授课，她开始说起唇语，我却完全读不通她说什么。我猜她是想跟我一组，她能力很强，我当然愿意。当我也尝试用唇语回应，她却也完全读不通。

后来我才知道，原来她只是想让坐得靠教室门近的我帮忙——趁老师不备，悄悄地开门（教室的门是自动上锁的），好让一位迟到的同学潜入。

想起也可笑。

还有一回，我和几位朋友为另一位朋友庆生。我们暗地买了蛋糕，好不容易才求得餐厅经理容许我们将蛋糕存放于厨房的大冰柜中。

晚饭吃得七七八八，我使眼色唤一位朋友帮忙拿蛋糕，没想到他竟然完全理解不了，还大声问我想做什么，害得我们预备的惊喜露了馅。

哈哈，这样的朋友真的让人没好气。

有时我还觉得，他们是存心跟我作对的。

庆幸的是，我还是有一些知己的，跟他们在一起，我们可以少说很多不必要的话，而且不会造成任何误会。透过随便一句粗疏的话，不动声色的一个眼神，甚至一个连自己都意识不到的动作，我们便能阅读对方的心。这不是是否聪明的问题，而是是否了解对方的问题。正如说唇语，假若我们不熟悉对方的心思、用词、句法，要理解起来，始终格外费神。

因此，跟能够彼此了解的知己在一起，无话不谈，自然是快乐的；

但即使沉默不语，也可以是自在的。

因为无论说话与否，我们的心还是联系着。

（此文初稿刊登于2015年7月17日Yahoo Style专栏《市井留闻》）

你值得拥有更好的

我们自以为追逐着最美好的东西，

但我们却时常因此而错失了更值得珍惜的东西。

电影《和莎莫的500天》(500 Days of Summer)里有一句对白："有时候上帝没有给你想要的，不是因为你不配，而是你值得更好的。"（If God didn't give you what you wanted, it's not because you aren't worth it, it's because you deserve even better.）

在故事中，汤姆是洛杉矶一家贺卡公司的文字设计师。一天，他对新来的同事莎莫（Summer）一见钟情。那美妙的瞬间触发了他心中最浪漫的情意。后来，他们越走越近，成了好朋友。偏偏，就在汤姆以为自己将要抱得美人归，约了莎莫到酒吧唱K的时候，莎莫却明确地说，自己不相信真爱，也不想交男朋友。

莎莫如此说，汤姆便信以为真了。但汤姆没有放弃，他竭力维系这段友情，想尽办法使之升华。

汤姆试过带莎莫到自己最喜欢的建筑物前，让她体验喧嚣中的宁静；试过带她到自己最喜欢的公园，俯瞰述说洛杉矶众多极具历史价值的摩天大楼；还试过带她参观艺术馆、看电影，好让她的生活多添点色彩。

那时候，汤姆以为将自己心底最珍贵、最喜欢的事情与莎莫分享，就是待她最好的行为。他却没有问询和顾及莎莫最喜欢的是什么。幸好，在机缘巧合下，他们的关系亲密起来，甚至有了肉体上的关系。

在相识的第259天，汤姆与莎莫在酒吧狂欢时，有一个家伙搭讪莎莫，汤姆激动之下跟那个男人打了一架。

就在那晚，莎莫竟然说汤姆不应该那么紧张自己，因为她跟汤姆只是朋友关系。

"朋友关系"，这四个字多么像突如其来的冷箭，直射进汤姆的肺腑，冷得他连肝肠也结了冰。

他们因此而吵了一场架。

再隔一个多月，他们便正式"分手"了。莎莫还辞了职，远离了汤姆。汤姆无法接受现实，消极得一沉不起。因为他悲怆的情绪，公司还把他从喜庆部调往悼谒部。

　　大概，在设计哀悼的礼卡时，汤姆心中也一直悼念着这段感情。但伤痛之余，汤姆并没有完全放弃，他说，终有一天，他要将她带回自己的身边。

　　数月后，在某趟列车上，汤姆再次遇见莎莫。他们在车厢中四目交汇，聊了彼此的近况和许多往事。之后，他们一起参加了同学的婚礼，在宴会上仍然是出双入对，仿佛从未停止交谈。他们还在浪漫的情调中共舞了一曲。

　　宴会即将结束，莎莫邀请汤姆出席在自己家办的欢乐派对，汤姆一口答应。

　　回程时，二人同乘一车，靠得很近。

　　汤姆心里激情澎湃，他大概在想：这一定是他们"复合"的预兆和契机。

　　万万没想到，像晴天霹雳一样，在派对上，他发现莎莫竟然戴着订婚指环。汤姆的情绪随即陷入崩溃。他怆然垂首，独自离场，难过得无法面对日常的生活。

　　毕竟，一切都发生得太突然了，突然得像剪片师误将两幕之间的情节剪掉了一样。

　　当有一天，我们连自己最习惯的事情都无法妥善做好，那么，我们的心一定是过于疲累了。不是每一个人都能够轻易地走出这样的阴霾。但是，亲爱的朋友，每天，旭日照常升起，夕阳照常落下，日子还得过。只有好好活下去，我们才有活得更好的可能。

浑浑噩噩了一段时间，汤姆决定辞职。他不再将自己困于容易触景伤情的环境中，并将心思投放于建筑学上，立志当一名出色的建筑师。

后来，汤姆在常去的公园中再次遇上莎莫。这时，莎莫已经结婚了。从汤姆的眼神看出，汤姆仍然对这个女孩念念不忘。当然，莎莫之所以"突然"出现在这个公园，又何尝不是一份挂念？只是，在二人开诚布公地聊天中，汤姆发现，原来自己从来没有真正深入认识过莎莫。

他自以为很爱她，却不曾理解她的心情——

他不知道她极度缺乏安全感，她需要一个积极勇敢地守护她的男人。所以，那夜汤姆与莎莫第一次在酒吧唱K，当汤姆说，他喜欢她，只因为他们是朋友的时候，他不知道莎莫有多么失落。即使莎莫回避他，他也不懂得主动挽留她，向她说一声他心底的懊悔。他们的心跳始终无法应和。

关于那些不适合你的人，即使机缘将你们拉近，时间也会让你们渐渐疏远。或者，在心灵上，你们根本从未真正地盘缠在一起过。

在分离前，汤姆祝福了莎莫，说："我真的希望你能幸福快乐。"

基本上，电影到这里就可以结束了。但是，导演还是刻意加插了一幕。

某一个星期三——那天是汤姆恋上夏天的第500天。

汤姆参加了一个招聘会，在等待面试的时候，一位同样要应征的女士跟他搭话。他们志趣相投，如获至宝，聊起天来眼睛都发亮了。而且，他们原来曾经偶然碰上过。只不过，那时候她看见他，而他却看不见她。

轮到汤姆面试时，他叫面试考官稍等，他要去邀约那位女士面试后一起喝咖啡，他也因此得知，她的名字是：秋天（Autumn）。

这个星期三——汤姆恋上夏天（Summer）的最后一天，是他和秋天的第一天。

有人说，电影的最后一幕是画蛇添足，但，于我而言，那是画龙点睛。这一节其实暗喻着我们的人生。

许多时候，我们自以为追逐着最适合自己的，于是聚精会神于那东西上，可是，我们却常常因而错失了一些更美好的东西。

记着，有时候上帝没有给你想要的，不是因为你不配，而是你值得更好的。

还有些时候，不是上帝没有给予我们，而是我们自己闭上了双眼，看不见他的赐予。

（此文初稿刊登于2015年7月24日Yahoo Style专栏《市井留闻》）

末了的故事：窃喜

在错的时候遇上对的人，

这是最叫人无奈的。

但我们还是会为遇上一个对的人而暗自欢愉。

（一）

你有过窃喜的感觉吗？就是那种心里高兴，却不敢公开
表露的情感。

我喜欢百度百科对"窃喜"的解释：是发自心灵深处最
真实的释放。这种情感的释放，是澎湃得禁不住的，但它
的出现，却是妩媚柔细的。

我的同学林凯盈最近遇上了一件让她窃喜的事情（这样

的形容是我强加于她的）。

我在大学的咖啡店碰上她。

她平时话很多，但比较习惯把真实的情绪藏在心底。也许，那天她想找个人陪，加上店内的气氛，她便对我敞开了心扉。

当然，下列的记述有我猜想删改的成分，但它不会影响你用心地阅读这个真实的故事。

林凯盈呷了一口咖啡，张合着湿润的嘴唇，说自己一个月前终于跟男朋友分手了，然后她耸耸肩，做出一个若无其事的表情。

她不想多提之前那段感情，因为那段感情太无聊了，无聊得有一种压抑感，她的前男友，不是她故事中的主角，但她还是说起他来。

她说分手后隔了一段时间，虽然从未后悔分手的决定，但她着实觉得太空闲了，好想找个人陪。其实这种"好想找个人陪"的感觉，从她跟前男友进入感情的冷淡期后，便萌生了。

少女时期的她从没料想过，爱情可以这么无聊。

而现在，青春盛放的她，毫不甘心陷于一段平淡的爱情中。她渴望惊喜、渴望激情、渴望跟随着一个男人冒险。只是，昔日的她摆脱不了承诺的束缚。

她也曾想过，也许前男友会提出分手，但他对爱情似乎漠不关心。

久而久之，她也习惯了这样的无聊。

有时候，习惯真是一张可怕的网，它会将人的心包裹起来，让人无法正视自己最真实的内心世界。

那么，他们最后怎么分手了？

事情源于林凯盈决定不再主动联络他的五天。

这五天，他没有找她，依然如往常一样漠不关心。这让她觉得心灰意冷。最后，五天变十天，十天变一个月。某天，他终于找她，却只是用Whatsapp。

他说："你怎么不找我？"这句话让林凯盈气愤至极。

林凯盈深深明白，这一个月间，他们的爱情已死，所以坦然地回复道："我们分手吧。"

他并没有特别回应什么，只传了一个"嗯"字，后面跟着一个句号。

一个绝情的句号。现代都市爱情，连分手也可以这么冷飕飕的，这让我这个旁听者的心里都一阵寒意。

"如果他挽留你的话，你会给他一次机会吗？"我好奇地问。

"也许会吧，"她望向一盏吊灯，喝了一口咖啡，淡淡地说，"但他没有。"

分手后，林凯盈觉得太孤独了，很想找个人陪。

每当她遇上这样的苦闷，她都会很自然地想到一个人。不，别误会，不是我，是李展元。这便是这个故事的主角了。

他们大学一年级时在戏剧社团中认识，后来一起当了社团干部，关系日益亲密，只可惜那时他们各自有自己的恋人。

林凯盈说："在错的时候遇上对的人，这是最叫人无奈的。"但说实在的，我们还是会为着遇上一个对的人而暗自欢愉——即使那是不道德的。

"如果我们早一点认识就好了。"林凯盈不自觉地轻声说了出来。

"什么？"李展元问。

"我说，"林凯盈扯开话题，"下次开会，你要早一点到！"

"哈，你还好意思说我！"

后来，林凯盈退出了戏剧社团，他们少了很多当面接触的机会，但短信来往却多了起来。

一年前，李展元跟女友分手了。李展元没有说什么，他明白，爱情从来不是一个人的事，当一方决意离去，任他用情再深、爱意再浓，也是于事无补。但他仍然为此痛心疾首。

人生就是这样，任凭我们看透一些道理，但当事情如黑夜袭来，我们终究无法逃脱黑暗的包围。我们只能等待黑夜离去。

"你是一个好男生，这是她的损失。"林凯盈得知后，用短信安慰他，"你会遇上更好的，甚至，或许你身边已经有更好的了。"

林凯盈说自己是在安慰李展元，但在咖啡店的那一刻，我仿佛看见她笑了，但又像没有，那样的笑容比阡陌间的沟渠更浅。

但我总是觉得，如果一个人在你失恋时，对你说这样的安慰话，他（她）大多对你有点儿意思。

李展元当时回复了一个笑脸符号，隔了一会儿，他又回了一句："谢谢。"

（二）

两个星期前，林凯盈太空闲的某个傍晚七点，她又用短信联系了李展元（这时她分手两个星期）。没有了之前的感情重担的拖累，林凯盈觉得自己跟李展元更加亲密，但她否认自己想跟李展元谈恋爱。

爱上一个人很容易，但表白却不那么容易，因为一旦说出口了，这艘船将无法回头，只能驶向深不可测的海域。

那个下午，他们都嫌短信打字麻烦，便用电话聊天，彼此倾诉了许多心事，关于对置业的忧虑、关于梦想的失落、关于爱情。大概两颗寂寞的心刚好碰上，总有一点火花。林凯盈觉得这样的火花使人愉悦。

期间，林凯盈说自己几乎完全没有想念前男友，心痛的感觉在啜泣的一夜间消逝；李展元却说自己仍然喜欢前女友，心痛的感觉像抽刀断水，他甚至想重新追求她。

林凯盈听后有种莫名的失落，但还是带着好意鼓励他，说："你可是男人啊，拿出一点儿勇气吧，兄弟！"

李展元逗趣地回应道："你可是女人啊，别那么霸气好不？姐妹儿！"逗得林凯盈咯咯地笑。

怎料隔了两天，李展元真的联络了他的前女友——何凝。

按林凯盈的形容，何凝是一个婀娜多姿、灵巧温婉的女生。但同时，她也是一个理性主义者，她把爱情看成是多巴胺作祟的过程，她享受这个过程，但同时也抑制它，力求正视感情中的一切问题。

而李展元则是一个感性的人。但感性不代表愚昧，感性的人的洞察力甚至比一般人要更强。他们也能意识到问题的症结所在，只是为了他们重视的感情，他们愿意牺牲自己，情愿盲目。

林凯盈说自己一时理性，一时感性，她也不了解自己。

数天后，李展元约了何凝去大埔海边遛狗。

这只西部高地白梗是他分手后买的。在某个忧伤的傍晚，他莫名其妙地买了只西高。其实也不是莫名其妙，他知道，何凝喜欢狗。

见面前，李展元忐忑不安。他突然想起林凯盈的话，安慰自己说："我可是男人啊，要有勇气！"

李展元在海边静默地等待时，想起他们曾经在此吹过海风。

这一刻的海风轻柔地抚摸着他的脸颊，那种温柔像一只纸船滑过湖面。那气味也跟往昔一样，但进入内心的感觉却不同了，带点儿冷。

西高看见一只吉娃娃犬走近。

就是在这个"老地方"，李展元拿走了何凝的初吻。那时他还天真地以为，自己已经拥有了她的一生。这不是他乱想的，而是他们的老师说的。她说："李展元，你牵了何凝的手，你便夺了她的心；你吻了她，你便要对她的一生负责任了。"多么严厉认真的眼神，多么传统老套的一段话，却都铭刻在李展元的心里。

那时，李展元为着自己能够拥有一个女孩而窃喜。负责一个人的一生虽然沉重，但从此生命有了一个伴，再苦也有人分担，这便是幸福。他想。

此刻回想，李展元的心痛得像杨过中了情花剧毒一般，他用掌心按着胸口，生怕自己心肺俱裂。那只吉娃娃犬突然对着李展元的西高狂吠，还猛地扑向它。被拉扯的女主人尴尬一笑，然后急忙地拖走了那只吵闹的狗狗。

李展元迎着海风说："拥有一个女孩子，一生，哈。"
风继续吹。

然后，何凝走近了，翩翩地，圣洁得像个女神。她不喜欢浓妆，今天更是几乎素颜。李展元就喜欢这样的她。

初时，他们拘谨寡言，但很快他们便打破了僵局，毕竟他们一年前是那么亲密。当然，那只可爱的西高也帮了很大的忙。

那夜，他们只是谈了一些最近的生活情况，还有一些鸡毛蒜皮的事，也说了些许关于置业和梦想的新愁旧事，要写下来的话，我觉得太沉闷了。

李展元也没想到，及至见面，面对着眼前的这个女人，这个自己朝思暮想的女人，他竟然一点儿悸动都没有。按何凝的说法，此时，应该是他的身体没有分泌多巴胺。

总之，他依然是他，她也依然是她，但他们，已经不再是他们。

李展元对林凯盈形容说，那种感觉就像一个人曾经丢失了一枚别致的纽扣，这使他很是懊恼，但当他找回扣子时，他已经扔了那件衣服。

林凯盈说自己不太懂这个比喻的意思。

说到这里，她想喝一口咖啡，但咖啡杯已经空了。她便笑了，妩媚柔细地笑了。

我不想在一个爱情故事里做什么总结，但我很想说，虽然每一段感情的错失，都是一次遗憾，可是，在你们各自一次次的遗憾过后，你们会与更合适的人相遇，这就是上帝所编写的最浪漫的故事。

错过，不代表错误，或许它是新的开始，也说不定。

写在最后：人生总要有所执着

我曾经失意过，觉得成为作家的梦想遥不可及。特别是当我看了更多世界名著和大师级的作品后，我更是自卑。即使看着自己今天最得意的作品，仍然羞愧得很，觉得自己永远成不了一位出色的作家。这不是一种自贬，是自知之明。

但是，人生一定要有一些让生命更丰盛的执着，才有意义。过于着眼于自己的得失成败，常把自己的缺点放大，就像将一块大石捆在脚边，路，走不远。

我不会放弃写作的路，我也不愿放弃，因为我的内心就是这样告诉自己——文字、文字、文字。

透过文字，我可以记录人生，可以抒发心中澎湃的情感，可以实现一些无法实现的事。

慢慢地，我学会不着眼于自己所没有的，而去享受、善用自己所拥有的。没有市场、没有大众的赏识、没有其他写作人的认可、没有作家的名位，也无所谓，能够继续当一个写作人，通过文字讲述内心，就是我的执着。

　　感谢神，何况我已经拥有你们这群读友。有你们不时的鼓励、有你们响应我的文字，我的文字才有了更深远的意义。
　　所以，感谢你们。
　　希望你们能在我的文字中找到共鸣、找到安慰。

　　最后，我还要感谢出版社给予我出书的机会，感谢一众我所爱而又爱我的人。没有你们，我的梦想便更加遥远，我走的每一步便更加疲惫。是你们让我写作时充满力量，对未来的生活充满憧憬。